아, 그때 받아쳤어야 했는데

당신을 대변하는
말대꾸 에세이

외래어, 비문, 비속어 등을 적절한 타이밍에 센스 있게 사용하였음을 미리 알려 드립니다.

글 쎄

STRONG WORDS

STRONG WORDS

모든 글에는 힘이 있다.
글쓴이가 글에 담는 힘은 글을 적는 순간에 그치지만
누군가에게 읽혀질 때면,
그 끝을 알 수 없는 새로운 힘이 생겨난다.

읽는 이의 과거 속 아픔, 상처, 기쁨, 행복,
때론 그날의 기분에 따라 생겨나는, '공감'이라는 큰 힘 말이다.

글에서 얻은 공감은 아픔에 위로를, 상처에 치유를,
기쁨에 축하를, 행복에 응원을 전하는 마음이 된다.

따라서 이 책의 제목을 '글쎄^{Strong Words}'로 지은
자신감의 절반 정도는 당신에게 있다.

다만, 글쓴이의 지분을 조금이라도 더 높이고
당신이 좀 더 편하게 공감할 수 있도록,
내가 가진 전부를 힘껏 꾹꾹 눌러썼다.

빠듯하게 돌아가는 세상에 발맞춰 걷느라
나에게 딱 알맞은 속도감을 잃었다.

질문하면 바보 취급 당할까 눈치 보며 사느라
어느새 스스로 건네는 질문조차 어색한 사람이 됐다.

'나 지금 잘하고 있는 걸까?'
'요즘 내 감정은 어떤 걸까?'
'저건 왜 저럴까?'

오롯이 내 안의 물음들인데도
지금 당장 세상의 속도에 맞추고 눈치를 살피느라
대답할 겨를이 없다.

결국 '글쎄…'라는 말로 에둘러 마무리 짓지만
시간이 흐를수록 '글쎄' 뒤에 붙은 점 세 개는 더 짙어져만 간다.

이 책에서는 살면서 겪는 고민과 문득 떠오르는 의문에 대해
저자 딥박이 당신을 대신해 애매모호한 '글쎄$^{So\ so}$'가 아닌
뚜렷한 어조의 '글쎄$^{Strong\ Words}$'로 답한다.

이 책에 담긴 글들이 당신을 대변하는
말대꾸 정도가 되었으면 한다.

차례

1
TV를 보다가

TV 속엔 별의별 이야기들이 다 있다.
원래 사람은 별을 보면 생각에 잠기지 않던가.

다큐를 보다가

#이상한 사전
#잡생각

예능을 보다가

#라이프 스타일
#트렌드

뉴스를 보다가

#사회적 문제
#갈등

세월 앞에 장사 없다.

시간을 사고 싶은 사람은 많아도
팔 수 있는 사람은 없으니까.

Not for sale

청춘이 짧았던 이유는
지금은 청춘이 아니라는 생각 때문에.

청춘

시간은 늘 기다려 주지 않는다고 협박한다.
나 없으면 존재하지도 않는 새끼가.

시간나새끼

후레쉬냐, 레드냐처럼

진로 선택은 그날의 기분을 따른다.
흔들려도 너무 걱정하지 말 것.

진로 선택

짬뽕을 시킬지
짜장면을 시킬지 고민하다가
짬짜면을 시켰다.

이제 절반의 아쉬움이 2개다.

일거양실

소 잃고 외양간 고치면
우습게 보고

소 잃고도 외양간 안 고치면
쿨하게 보더라.

소 쿨

순간의 다짐은 쓸데없는
실패를 만든다.

지금 시작하지 않는 다짐은
다 짐일 뿐이다.

다 짐

소중함에 속아
설렘을 포기하지 말자.

대탐소실

'나쁜' 사람들이
많은 세상인 줄 알았는데

'나 혼자 먹고살기 바쁜' 사람들이
사는 세상이더라.

나쁜 세상

다람쥐가 쳇바퀴만 도는 이유는
재밌어서가 아니라

집에 쳇바퀴만 있기 때문에.

가난

있는 것들이 더 하다지만
없는 것들도 덜 하진 않다.

욕심 평준화

칭찬은 고래도 춤추게 한다.

근데 칭찬해 줬다고
고래가 춤을 춰야 한다면
그건 칭찬이 아니라
명령이잖아.

칭찬은 결말

"사람 고쳐 쓰는 거 아니야."

"원래 사람은 쓰는 게 아니야."

못쓸 생각

학교 선생님은 늘
고자질이 나쁜 것이라고 말씀하셨다.

그런데 왜,
학부모 간담회를 다녀온
우리 엄마는 항상 슬럼프를 겪었을까.

언행불일치

미국 아저씨가
"When I was young…" 하면
뭔가 소소한 옛날이야기해
줄 것 같은데

한국 아저씨가
"나 젊었을 때는 말이야…" 하면
낡아 빠진 옛날 생각으로
날 빡치게 할 것 같단 말이지.

사대주의

산책을 하면 건강에도 좋고,
마음도 평온해진다.
다만 내게 의지가 없을 뿐.

내가 산 책들도 마찬가지다.

산 책

누가 그러더라.
인생은 내 뜻대로 되지 않는다고.

천만다행이야.

아무 생각 없이 살고 싶은 내게도
언젠가 번듯한 뜻이
생긴다는 소리잖아.

뜻밖의 다행

점을 보는 사람들은
재미로 본다고들 말한다.

미래를 알면 무슨 재미로
사냐고 묻고 싶다.

시럽 뺀 아메리카노가
달달할 리 없잖아.

무당

어른들 말씀 틀린 거 하나 없다.

다만 그 어른이 내가 원하는
미래의 내 모습이 아닐 뿐.

취향 차이

얘기를 들어 준다는 건
무거운 마음을 잠시
기대게 해 주는 것.

그래서 귀 기울여 준다고 하나 봐.

귀 기울이다

'불행'이란 단어는 행복 앞에 '아니 불'이 붙는다.
'Unhappy'에도 Happy 앞에 'Un'이 붙으며 생겨난다.

그렇게 행복을 기본값으로 놓고
짧디짧은 부정어를 붙여서
불행을 '아니 행복하다'로 쉽게 정의 내린다.

그래서 우린 행복하지 않을 때면
너무 빠르게 불행으로 단정 짓고
너무 쉽게 우울감에 젖어 들곤 한다.

행복하지 않아도, 불행하지 않은 것만으로
행복의 시작점이라 생각할 수 있는데 말이다.

Un불행

열 번 찍어 안 넘어가는 나무 없고
열 번 물 줘 안 자라나는 나무 없다.

하나는 더 이상 나무가 아니었고
하나는 편히 쉴 그늘이 되어 주었다.

쓰러트림과 바라봄

아낌없이 주는 나무라니.
남김없이 뺏긴 나무겠지.

나무라다

빼앗아 놓고, 받았다고 우기는 건
지구상에 오직 인간뿐이다.

나무만 뺏기는 건 아니다.

수학여행 때 샴푸 가져오면 방 전체 돌려쓰기,
친구 레포트 베껴서 제출하기, 일 잘하는 사람 일감 몰아주기,
필요할 때만 찾기, "이거 나 주면 안 돼?" 공개적으로 묻기 등
그 대상이 사람인 경우도 셀 수 없이 많다.

이 모든 상황에서 피해자가 고분고분하면
'착하다'는 말로 평가를 내리는 실례까지 범한다.

빼앗은 자에겐 고마워할 자격이 없다.
미안해야 하고, 미안한 만큼 갚아야 할 의무만 있다.

그래서 친구가 돈 빌려 갈 때
미안해하면 안심이 되고, 고마워하면 걱정이 되나 보다.

모기가 가로등 불빛에
꼬라박고 또 꼬라박다가 죽었다.
부러웠다.

난 너처럼 목숨 걸고
좋아하는 게 없었다.

———————————————————

모기베이션

몸이 부지런하면
행복이 게을러지고

몸이 게으르면
행복이 부지런해진다.

엇박

하고 싶은 일을 적는
서른세 살의 알림장을
'버킷 리스트'라 부르던가.

어릴 적 알림장엔
하기 싫은 것들을 적었고
지금 버킷 리스트엔
할 수 없는 것들을 적는다.

할 수 없는 것에 비하면
하기 싫다는 건 큰 행복이었다.

요즘 빼곡해진 버킷 리스트를 볼 때면
기분 내다가 가득 차 버린
내 쇼핑몰 장바구니를 보는 것 같다.

버킷 리스트

어느 날, 시련이 내게 말했다.
"너 또한 지나가리라."

시련은 겉보기만 무서울 뿐
속은 매우 나약한 성질이다.
그래서 도전하는 자에게
늘 겁을 먹는다.

잠시 가로막을 수는 있어도
자신을 넘어선 자를 쫓아갈 수 없는
태생적 한계를 지니고 있다.

시련은 그 이름처럼
그냥 '발' 없는 '시발련'이기 때문이다.

시련에게 시련을

어느 날, 한 청년이 죽자
저승차사들이 청년을 염라대왕
앞으로 끌고 갔다.

염라대왕은 청년을 안쓰럽게
바라보며 말했다.
"착하게 살긴 살았는데,
시간을 덧없이 보냈구나!
네 놈이 허비한 시간 중
가장 후회되는 시간을 하나 택한다면
내가 그 시간만큼 환생시켜 주리라."

청년은 띠꺼운 표정으로 대답했다.
"공인 인증서와 보안 프로그램 설치로
날린 시간만 되돌려주셈."

그 자리에서 청년은 영원히 죽지 않는
불사의 생명력을 얻고
차기 염라로 간택되었다.

공인 인증서와 함께

낚시가 취미인 사람이 결혼하면
가정이 취미가 되더라.

─────────────────────────────

처자식만 낚였네

비도 벗꽃 구경 온 거야.
너무 뭐라 하지는 말자.

봄비

마음의 문을 열 수 있지만
잘못 꽂으면 쉽게 부러지는 열쇠

솔찌키

3초 고려해 놓고
삼고초려의 마음인 양
쇼할 때 쓰는 말

"내가 고민 많이 해 봤는데…"

삼초고려

사랑니는 이름이 예뻐서 더 아프다.

새로 어금니가 자라날 때
마치 첫사랑을 앓듯이 몹시 아프다 하여
'사랑니'라 불린단다.

'사랑니'라고 이름을 붙인 사람은
참 애틋하고 아름다운 첫사랑을 했나 보다.

내가 지었다면
'첩이니'
'속았니'
'엿같니'
'죽겠니'
'돈있니'
등으로 지었을 텐데.

아무튼,
사랑니는 이름이 예뻐서 더 아프다.

사랑니

대학 시절 술자리에서
훈민정음 게임을 한 적이 있다.
짓궂은 남자 선배가 입꼬리를 올리며
초성을 뱉었다.

"ㅅㅅ"

바로 떠오른 단어를 말할 수 없어
입이 굳어 버렸을 때, 신입생 여후배가 말했다.

"순수"

나와 2학년 이상의 남녀 선배들은
눈만 깜빡일 뿐이었다.
태어나서 처음으로 순수가 섹스보다
더 강렬한 단어란 걸 깨달았다.

게임이 끝난 것도 아닌데 그 소녀를 제외한
나머지 사람들은 이미 패배한 기분이었다.

빛은 주변이 어두울수록 더 환하게 빛난다.

순수

보쌈은 이름 바꿔라.

비쌈으로.

비쌈

아인슈타인이 말했다.
"아무것도 하지 않고,
 내일이 바뀌길 바라는 건 정신병이다."

 나는 말한다.
"천재들아, 바보로 살아 봤느냐?"

 따지고 보면 천재들은
 천재가 아닐 수도 있었는데
 우리가 바보인 덕분에 천재로
 인정받으면서 살 수 있는 거다.

 그리고 사실 우린 바보가 아닌데도
 똑똑한 그들 탓에
 바보로 살아가는 것뿐이다.
 이게 바로 상대성 이론이 아닌가 싶다.

 그러니 천재들은 자기를 천재로
 만들어 준 보통의 존재들에게
 주둥아리 함부로 놀리지 말고,
 겸손하게 인류나 발전시켜야 한다.

바보의 상대성 이론

그 드라마 재밌으니까
내게 꼭 보라고 하면

'꼭 보라'는 그 말이 꼭 싫어서
어떻게든 보지 않다가

시간이 흘러 몰래 몰아서 볼 때면
그제야 드라마의 감동과 재미가
온전히 내 것이 된 느낌이다.

오직 나만을 위해 만들어진
드라마인 것처럼
공유되지 않는 기쁨 속에서
나 홀로 즐길 수 있다.

기쁨을 나누면 2배가 된다지만
나 혼자일 때 2배가 되는 기쁨이라는
것도 존재한다.

나 홀로 기쁨

행복이란

"□□만 있으면 진짜 행복할 텐데"가 아니라

"○○ 없었으면 진짜 불행했을 거야"더라.

행복을 미래에 두면 확률이 되지만

지금에 두면 100% 현실이 된다.

행복은 지금용

가끔 퇴근길에 다른 길로 새 보고 싶을 때가 있다.
그럴 땐 한 정거장 일찍 내리거나,
가로지르던 길을 돌아서 가곤 한다.

누군가는 시간 낭비라 비웃겠지만
그건 매우 적절한 표현이라 신경 쓰지 않는다.

내가 다른 길로 돌아가는 이유는
오직 시간을 낭비하기 위해서다.

시간에 쫓기는 바쁜 일상 틈바구니에서
유일하게 내가 시간을 쫓아내는 순간이기 때문이다.

새로운 길을 만날 땐 시간을 낭비하는 게
이렇게나 자유롭고 행복한 일이란 걸 새삼 깨닫는다.

빠듯하게 흘러가는 시간은 내 것이 아닌데
낭비할 만큼의 여유로운 시간들은 비로소 내 것이 된다.

시간은 효율적으로 쓸수록 없고,
여유롭게 살수록 넘쳐 난다.

시간을 낭비할 수 없다면
굳이 시간이 있어야 할 이유도 없다.

그래서 불필요하면서도 의미 있는 시간을 보낼 때는
'시간을 갖는다'라고 말하나 보다.

온전한 나의 시간

행복의 문은 내 안에 있다.

그래서 못 여나 봐.

문은 밖에 있어야지

가슴에 손을 얹고 생각해 보자.
마음먹기에 따라 달라질 행복이었다면
우린 진작에 행복했다.

작은 것에 감사하고 소중히 여기는 사람들은
근본부터 다르다.
그들은 이미 다 가져 봤던 사람이거나,
죽을 고비를 넘기고 살아 있는 것 자체로 감사한 사람,
선천적으로 물욕이 없는 축복받은 유전자를 가진
사람들이다.
그게 아니라면 속세를 떠난 듯 안 떠난 종교인이거나.

우리 같은 보통의 사람들은 당장 새 신발 신으면 신나고,
'팝콘 먹으면서 「보헤미안 랩소디」 볼 때 이렇게 행복한데,
새 신발 신고 머큐리의 나라 영국에 간다면 얼마나 더
행복할까?'를 벗어날 수 없는 사람들이다.
이미 가진 것에 감사하지만,
새것일 때, 비쌀 때 더 감사한 부류 말이다.

우리의 행복은 밖에 있으니, 어서 돈 많이 벌자.

결혼을 앞둔 사람은
경조사에 가는 게 아니라더라.

경사에는 '내 행복이 나뉜다'해서
가지 않는다는 개념이던데,
그럼 조사에는 '남의 슬픔을 나눠 받는다'해서
부정 탄다는 개념이겠다.

내 행복만을 지키려는 이기적인 마음과
서로의 불행에 가해자가 되지 않으려 배려하는 마음이
묘하게 섞여 불문율이 되었다.
그래서 옳고 그름을 따지기도 참 어렵다.

다만, 그럼에도 불구하고 경사를 앞둔 상황에서
다른 이에게 자신의 행복을 나눠 주려,
다른 이의 슬픔을 덜어 주려 찾아가는 사람은
얼마나 따뜻한 사람일지 생각해 본다.

다른 이에게 나눠 주고도 남을 만큼의 행복을 가진 사람,
다른 이의 슬픔을 덜어준 만큼 행복해할 줄 아는
사람이 되고 싶다.

행복까지 가난하지 말자

도긴개긴이라 쉽게 말하지만
도와 개는 정확히 2배 차이다.

한 칸의 힘

흔히 우리는 고만고만한 것들을 얕잡아 볼 때
도긴개긴이라 한다.
별 차이 없는 비슷한 수준을 의미하지만
자세히 들여다보면 누가 뭐래도 딱 2배 차이가 난다.

만약 도긴개긴이 긍정적인 것을 두고 하는 말이었다면
좋은 게 좋은 거라고, 이래나 저래나 좋았겠지만
보통은 부정적인 상황에서 쓰이는 표현이기에
그냥 흘려보낼 수 없다.

좋지 않은 일을 바라볼 때는 쪼개고 또 쪼개 보아야 한다.
불행을 도긴개긴으로 뭉뚱그리면,
실제보다 더 큰 불행에 힘들어질 수 있다.

예를 들면, 나를 싫어하는 사람이 한 명일 때는 개인 간의
갈등이지만 두 명이 되면 집단 따돌림이 된다.
하루가 우울하면 그날의 기분이지만, 이틀이 우울하면
슬럼프가 된다.
전과 1범은 초범이지만, 전과 2범부터는 상습범이다.

멀리 갈 필요도 없이, 엿 같은 직장 상사가 한 명일 때와
두 명일 때의 퇴사 시기는 몇 년의 차이가 날 수도 있다.
이렇게 부정적인 상황에서 한 칸의 차이는 한 칸 이상의
큰 차이를 만들곤 한다.

우리가 도긴개긴이라 뭉뚱그려 생각하던 것들을
쪼개고 쪼개서 압축해야만 하는 이유는
불행의 틈바구니에 생겨난 아주 작은 한 칸에
행복의 씨앗을 심을 수 있기 때문이다.

"벌써 두 번의 실패를 맛봤지만, 세 번째 도전은 처음인걸."
"저 새끼가 두 명이 아닌 게 어디야."
"벌써 11월이지만, 아직 온전한 한 달이 남아 있어."

당장은 아주 작고, 보잘것없는 행복들이다.
하지만 도긴개긴의 형제뻘인 '오십보백보'처럼,
하루엔 겨우 오십 걸음의 차이가 시간이 흐를수록
오백, 오천, 오만 걸음의 차이로 벌어지게 되듯,
언젠가 그 작은 행복들이 아주 거대한 행복으로
자라날지 모른다.

자신을 위해 한 칸 한 칸의 행복에
집요한 사람이 되었으면 좋겠다.

안일한 삶을 살고 싶다.

안 일하고 싶다.

안 일한 생각

거북이는 100년을
조개는 200년을
나무는 1,000년을 산다.

가만히 있을수록 오래 사나 보다.

"꼼짝 마! 움직이면 죽는다"는
협박이 아니라 우려였구나.

우리가 격렬히
아무것도 하기 싫었던 이유는
무병장수를 위한 본능이었구나.

장수 본능

일일 드라마 주인공으로 살고 싶다.

주말은 쉬잖아.

주쉬 프레쉬

피곤이 가시질 않는다.

주말은 진작에 가셨고.

월요병

아침형 인간들이
일어나서 가장 먼저 하는 일은

늦잠 자는 사람들을
한심하게 보는 일이다.

일찍 잠든 주제에

일찍 일어나는 새는 지렁이 먹고
일찍 일어난 사람은 잔소리 뱉고.

일찍 자고 일찍 일어나는 건
사회 편하자고 맞춰 놓은 기준이다.
학교, 회사, 군대와 같은 시스템들 말이다.

아침잠 많은 사람들이 상당한 시간을 필요로 하는 게 아니다.
2시간만 더 자도, 아침형 인간들 꼴값 떠는 것 이상으로
쌩쌩해진다.

안타깝다. 고작 2시간 때문에 게으르고
자기 관리 못하는 사람으로 취급받는 게 말이다.

반대로, 아침 일찍 일어나는 부지런한 사람을 향해
"잠 하나 견디지 못하고, 일찍 잠든 인내심 부족! 쯧쯧"이라며
아침형 인간을 깎아내리는 올빼미형 인간은 없다.
밤늦게 잠들고 아침 늦게 일어남에 있어서,
그 어떤 자부심도 없다.
올빼미형 인간은 그럴 시간에 한숨이라도 더 자고픈
사람들이다.

그러니 제발, 아침형 인간들은
올빼미형 인간들 그만 신경 쓰고
본인들의 아침에만 집중했으면 좋겠다.

비슷한 사례로 채식주의자가 눈을 부라리며
고기 먹는 사람들을 우매하고 잔인하게 바라보는 것을
들 수 있다.

사람이 신념을 지니면 꼭
'나는 맞고, 너는 틀리다'가 되더라.
검열하고 우열의 우를 자기로 맞추며
자기 기준에서 열등한 사람들에게 나대는 짓거리,
그거 사람만 안 죽였지, 히틀러와 시작점이 같다.

어젯밤 치킨을 남겨 놓은 이유는

오늘 퇴근할 때
집에서 날 반겨 주는 게
하나라도 있으라고.

치킨의 활용

소식이 궁금해.

대식가

라면 한 개 먹고 배부른 애들
특히 비빔면 한 개 끓여 먹는 애들
과자 한 봉지도 먹다가 남기는 애들이 부럽다.

나도 눅눅한 과자라는 걸 먹어 보는
어떤 일련의 여유로움을 만끽해 보고 싶다.
나도 햄버거 1/3 남긴 채로 미간 찌푸리고
포장지를 구기며, 쟁반에 툭 던져 보고 싶다.

"난 배부르면 안 먹어"라는
그 냉철한 사고방식과 절제미가
내겐 너무 고급지고 있어 보인다.

어떻게 하면 저들처럼 될 수 있을까?
어떤 이들의 소식이 미치도록 궁금하다.

의사 선생님은 "따뜻한 물 많이 드세요."
의사 결정님은 "탄수화 물 많이 먹어라."

따뜻한 물보다 탄수화 물

다이어트 포기하기 전에 꼭 확인하자.

물만 먹어도 살찌는 체질인지
뭘 먹어도 물처럼 먹는 체질인지.

라이어트

초등학교 때, 짝꿍과 '사회과 부도'에 있는
세계 지도를 펼쳐 놓고
신혼여행지 점쳐 주는 놀이를 하곤 했었다.
방법은 매우 간단했는데, 눈을 감은 채
손가락으로 세계 지도를 휘휘 젓다가
짝꿍이 '스톱'이라고 외치는 순간에
손가락을 멈추면 됐다.
손가락이 가리키는 그곳이 바로 미래의
신혼여행지였다.

"야 ㅋㅋㅋ 너 짐바브웨다."
"아, 너무 멀어. 한 번만 더."
"오! 러시아네. 근데 러시아는 좀 무서운데."

너무 멀었고, 좀 무서웠고,
생전 처음 들어 보는 곳들로 가득했지만
대신 행운에 기대어 어디든 갈 수 있었다.

20년이 흐른 지금, 가보고 싶은 나라보다
티켓 값이 싼 나라가 장땡이 되어 버렸다.

어디든 갈 수 있지 못하며,
그저 어디라도 가고 싶은 사람이 되어 버렸다.

탈출객

인기 있는 드라마가
종영될 때까지 쌓아 둔다.

재밌는 웹툰이
완결될 때까지 미뤄 둔다.

하루의 행복을 쌓아 두고
한 주의 설렘을 미뤄 두니

오늘의 기분이 가난하다.

가난한 기분

쇼핑할 때
디자인, 가격, 실용성, 브랜드, 가성비,
할인율, 소재, 품질 등을
하나하나 꼼꼼히 따져 본다.

여기에 약간의 용기를 더해
합리적 과소비 습관을
꾸준히 유지 중이다.

합리적 과소비

아침마다 만나는 새로운 나

화장실 물 내렸 나
가스 밸브 잠궜 나
현관문 잠궜 나
마스크 챙겼 나
보일러 껐 나

정신 나간 나

앞으로 뭘 해야 할지
어떻게 살아갈지 막막하다면
한 가지 방법이 있다.

알바 그만둘 때마다
사장님에게 읊어 대던
그때 그 사연들을
몸소 실행하면 된다.

일단 나는 6년 전부터
뉴욕에서 디자인을 전공 중이다.

그때 그 시나리오

나보다 늦게 태어난 주제에
먼저 엄마가 되고
할머니가 되더니
하늘나라도 먼저 가버리니까.

서로의 시계가 달라서
만 번을 행복했어도
그 한 번이 너무 서운해.

잘가시계

힘들지만 #사랑해
사랑해서 #힘들어
힘들어서 #미안해
미안하고 #사랑해

인스타그램에
'#힘들어 #미안해 #사랑해'를
검색하면
온통 아기와 아이들 사진으로
가득하다.

그렇게 아기의 평안을 위해
모든 감정의 극한에는
엄마들이 반짝이고 있었다.

Mom Star

엄마랑 싸우면
직방으로 오피스텔 시세를
알아보면 되고

상사랑 싸우면
잡코리아로 내 시세를
알아보면 된다.

제자리로 돌아가는 스마트한 방법

세상의 기준으로는 맛집의 척도가
'미슐랭 가이드'일지 몰라도

내겐 맛있는 음식을 먹고
떠오르는 사람의 머릿수를 세는

나만의 '미슈랭^{Miss you} 가이드'가 최고다.

미슈랭 가이드

잠들기 전에 ASMR 얼음 먹방을
본 적이 있다.
얼음 씹어 먹는 소리를 아주 생생한
고음질 사운드로 듣는 방송이다.

좁은 자취방에 누워 15분 정도
쳐다보고 있자니
내 신세가 처량하게 느껴졌다.

나의 소소하지만 확실한 행복들이
과연 어디까지 작아질지 걱정됐다.

이대로라면 아메바의 세포질
'플라스마 렘마$^{Plasma\ lemma}$' 먹방을 보며
'마이크로하지만 확실한 행복'이라
칭할 날도 머지않은 것 같다.

마확행

'개좋다', '개쩐다', '지렸다', '오졌다' 등
언제부턴가 나의 모든 감정 표현들이 극단치로 가득하다.

실제로는 개좋지 않았고, 달콤쌉싸름한 정도였거나
지리지는 않았지만, 싱숭생숭하던 찰나를 깨트린
쫀쫀한 이벤트 정도였을 수도 있는데 말이다.

극단적인 표현들은 수십 수천 개의 내 감정들을
단 두세 개로 압축해 버렸고, 그것들이 익숙해질수록
난 내 감정 하나 제대로 헤아리기 어려운 사람이 되어 간다.

내 감정이 헷갈릴 때면 적절한 표현을 찾기보다
'개쩐다'라는 단어에 맞추어 기분을 업 시키는 것이 빨랐으며,
억지로 업된 기분은 이내 바닥으로 곤두박질치곤 했다.

최상급의 표현들 속에서 내 기분은 갈피를 못 잡는다.
그렇게 나와 점점 멀어지고 있다.

지금 내 감정에 딱 맞는 표현들이 기억나지 않는다.
무튼 개멍청해진 요즘이다.

개멍청

아무래도 몇몇 꼰대들은
‘워크 & 라이프 밸런스’의 준말인
‘워라밸’을 잘못 이해하고 있는 것 같다.

하도 사람들이 떠들어 대니까
머릿속에 ‘워라밸’이란 파일을
설치하긴 한 것 같은데

그분들이 파일을 실행할 때면
어쩐지 워크 12시간,
라이프 12시간으로
딱 반반 설정된 듯한 버그가 생긴다.

아차!
회사를 위해 자신을 희생하고
헌신하며 생존해 온,
자칭 ‘산업 역군’이라 말하는
이들의 머리에는
애초에 워라밸이 ‘War Label’로
설치된 걸지도 모르겠다.

워 라벨

그 사람에 대해 더 깊이 알고 싶다면
재밌는 영상을 보여 준다는 핑계로
그 사람의 유튜브를 켜 봐라.

2000년대 초반에
백문백답이 있었다면
현재는 빅 데이터로 분석된
그 사람의 백날 천날이 들어 있다.

내 유튜브를 켜 보니
먹방, 자동차, 게임, 트랜스젠더
유튜버가 메인으로 노출된다.

유튜브는 나조차 몰랐던
나의 모습까지도 다 알고 있는 것 같다.
참 무서운 세상이다.

빅문빅답

우린 더 이상 노래방 책을
펼치지 않는다.

리모컨으로 인기 차트를 띄우고
남들이 많이 부르는 노래들 중
아는 노래 하나를 고를 뿐이다.

지난번에 불렀던 노래들만 가득할 뿐
한 장 한 장 펼치다 불현듯 나타난
추억의 노래에 반가워할 일이 없다.

시간에 쫓기면서 시대를 쫓느라
인생의 재미에도 간주 점프를
누르고 있다.

흐릿해진 간주 점프 버튼

내 인생 최고의 영화를 관람하고
여운이 가시지 않을 땐

영화 평론가의 리뷰를 찾아보자.

이제 아무 일도 없었다는 듯
평점 4점짜리 영화에
박수와 눈물을 낭비한
영알못 무식한 잡놈의 삶으로
다시 돌아갈 수 있다.

대중문화 평론가에 대한
대중의 평론

부모님 허락도 받았으니까
결혼식장도 예약했으니까
신혼여행지도 정했으니까
드레스도 맞췄으니까
혼수도 준비했으니까
집도 계약했으니까

나랑 결혼해 주겠니?

참 빠른 프러포즈

'어떻게 하면 주말에 잘 놀았다고 소문이 날까?'
'뭘 먹으면 맛있게 먹었다고 소문이 날까?'

소문이 나야만, 지금의 순간이 추억으로 격상된다.
소문을 내기 위해서는 반드시 '인생샷'이 나와야 한다.

인생샷은 가장 인지도가 높은 장소에서
수차례의 실패로 완성된다.
이에 두 눈은 그곳의 분위기와 풍경보다
렌즈로 더 오래 향하며,
두 발은 곳곳의 소박한 아름다움을 뒤로하고
유명한 포토존으로만 향한다.

그날의 바람 냄새, 스쳐 가던 사람들, 모퉁이에 핀 작은 꽃,
함께한 이의 행복한 웃음소리, 나만의 감상들은 등 뒤로
사라지고, 오직 남들과 똑같은 추억만이 내 앞에 남겨진다.

그래서인지 지난날 고생하며 찍은
내 사진들이 가끔은 합성 같다.

양산형 추억

책을 보면 시대를 알 수 있다.

지금 출판업계를 살펴보면
출간하는 사람은 늘어나고
읽는 사람은 줄어들고 있는 모양이다.

자기 말만 하고
듣지는 않으며

보여 주기만 하고
들여다보지 않는 세상이
아주 잘 담겨 있다.

One of them

우리나라 공기 너무 안 좋다.

씻고 나왔을 땐 분명 괜찮았는데

밖에 나오면
사람들이 자꾸 괜찮냐고 물어보니까.

미세먼지

생각하는 동물이라고
다 인간은 아니더라.

「동물농장」 본 뒤
뉴스를 보다가

옛날엔 을사늑약이 나라를 없앴고
요즘엔 심신미약이 국민을 없앤다.

심신미약

갓 버려진 쓰레기라고 줍지 않는다면
곧 오래된 쓰레기가 될 뿐이다.

세상에 '신선한 쓰레기'란 말은 없다.

하루빨리 청소년 보호법을 폐지해야
진짜 청소년을 보호할 수 있다.

청소년 보호법 폐지

죗값을 달게 받겠다더니
진짜 교도소에서 꿀을 빨더라.

죗값을 치르겠다더니
진짜 돈만 내고 나오더라.

언행일치

나라의 주인은 국민이고
월급도 국민이 주는데

연봉을 지들이 정하니까
주인 눈치를 안 봄.

국회의원 연봉 이상

누구는 100일 휴가를 나오고,
누구는 100일을 휴가 나오고.

쓰리스타 위에 톱스타

우리나라도 개인 총기 소지가
합법화되면 어떨 것 같으냐고
지인들에게 물으니

대부분 총 맞을까 봐 걱정하거나
누굴 쏠지 고민하더라.

내 생각엔 자살률이
더 높아질 것 같은데.

내가 쏠게

1. 생애 첫 차를 타고, 학창 시절 좋아하던 노랠 듣는 기분

2. 제일 친한 친구가 어른이 된 모습

3. 헤어진 날, 친구와 함께 마시는 소주 맛

4. 첫 월급으로 산 촌스러운 부모님 내복

5. 아이폰 17로 찍은 셀카 사진

6. 「응답하라 2020」을 보며 추억에 젖는 모습

7. 첫 자취방으로 이사한 날 먹은 짜장면 맛

8. 맞춤 정장 입은 내 모습을 쇼윈도로 힐끔힐끔 보는 재미

9. 황금 올리브를 넘어선 신메뉴 치킨의 맛

10. 누가 널 좋아하는 것 같다는 촉 좋은 친구의 귓속말

11. 연인과의 첫 외박 여행, 연인의 가방 사이로 보이는 칫솔

12. 생일날, "태어나줘서 고맙다"고 적힌 무뚝뚝한 아빠의 카톡

13. 사회생활하다가 만난 정말 좋은 인생 선배

14. 대한민국 역사상 두 번째 월드컵 4강

15. 단점을 덮어 주는 배우자와 장점만 닮은 딸과 찍은 가족사진

16. 서른이 돼서야 찾아낸 딱 어울리는 헤어스타일

17. 1인당 15만 원 짜리 호텔 뷔페 첫 접시

18. 친구의 결혼식 날 눈 마주쳤을 때 빨개지는 눈시울

19. 감동적이었던 베스트셀러 작가 딥박의 북 콘서트

20. 집으로 가는 길, 수능 날 자살하지 않길 잘했다고
    안도의 미소를 짓는 너

어느 수험생이 느꼈으면 하는 것들

나중에 내 자식이
세상 밖으로 나가는 날엔
부모님께 들었던
'애들이랑 사이좋게 지내' 대신
'사람들이랑 운 좋게 지내'라고
말해야겠습니다.

지나온 내 삶을 되돌아보니
운 좋게 학폭러 눈에 띄지 않았고
운 좋게 군대에서 장애가 생기지 않았고
운 좋게 직업이 달라서 태움을
안 당해 봤거든요.

이렇게나 운이 좋아서
아직까지 자살은 안 해 봤습니다.

나중에 내 자식도 날 닮아
운이 좋길 바랄 뿐입니다.

행운아

가수: 좋은 노래로 보답하겠습니다.
배우: 좋은 연기로 보답하겠습니다.
선수: 좋은 경기로 보답하겠습니다.

딥박: 좋은 글로 보답할 일 없도록 하겠습니다.

좋은 작가 되기

정작 가야 할 사람들은 안 가고
그들에게 마음을 다친 사람들이
정신과를 찾는다고 한다.

사회는
아픈데 아픈 줄 모르는 것을
적응이라 부르고
아파서 아프다 하는 것을
부적응이라 부른다.

적응한 사람들만 살아남으니
이 도시는 아픔을 모른다.

아픔 없는 도시

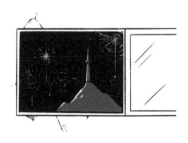

여직원이 임신하면 퇴사를 종용하고
남직원이 육아 휴직 신청하면
압박을 주는 일부 상사들을 보면
태교의 중요성을 알 수 있다.

그들은 부모님이 맞벌이를
안 했던 세대라서
배 속에 있을 때 육아 휴직을
경험하지 못했다.
선천적으로 '육아 휴직'을 태교로
경험하지 못한 채 태어난 것이다.

난 후세를 위해서라도
꼭 육아 휴직을 해야겠다.
그래야 내 자식이
인류의 순환과 생애 주기를 이해하는
아주 보통의 상식적인 인간이 될 테니까.

다음 세대를 위해서

103

양성을 말할 땐 '남녀'라고 하면서
욕으로 쓸 땐 '년놈'이라고 하더라.

어떤 놈이 그런 말을 만들었을까.

선택적 레이디 퍼스트

불륜에도 다 사정이 있다.
보통 사정이 목적이기 때문에.

그들의 사정

방에 나타난 벌레는 눈앞에 있을 때 가장 안전하다.
눈앞에 있을 때 잡지 않으면 밤새 편히 잠들 수 없다.

비닐봉지에 싸서 밖에 풀어 주고 싶은 마음도 있지만
본능적인 공포는 어김없이 살충제를 들게 한다.

벌레 한 마리에 살충제 1/3 통을 뿌리고,
고무장갑을 낀 채, 휴지로 잘 감싸서 변기통에 넣고
물을 내린다.

과잉 진압에 성공한 후 침대에 누워 생각했다.
벌레를 죽인 이유가
징그러운 모습 때문만인지에 대해 말이다.
내 생각에는 소통의 부재가 가장 큰 이유 같다.
벌레를 처음 발견했을 때 의사소통이 가능했다면
과잉 진압 대신 원만한 대화로 문제를 해결했을 것 같다.

"오늘 밤만 묵고, 내일 오전에 출근하면
 조용히 옆집으로 가겠다", "썩은 냄새가 나서 오긴
 왔는데, 방에 사람이 있을 줄은 상상도 못 했다",
"청소하면 다시는 안 오겠다" 등 벌레가 자기의 입장을
 밝히고 향후 방향성에 대해 알려 주었다면,
 난 죽이지 않았을 것이다.

이처럼 인간에게 소통의 부재는 곧 공포가 된다.
현재 우리가 사는 세상은 잡음만 많을 뿐,
대화가 오가지 않는 적막감으로 가득하다.

그래서 처음 보는 사람, 내게 친절하지 않은 사람,
말수가 적어 속내를 모르겠는 사람,
때론 평범하게 나를 스쳐 가는 사람들에게서조차
공포를 느끼곤 한다.

'불편함'이란 테두리 안에서 소통의 부재로
서로가 서로를 두려워하는 요즘,
집에 나타난 벌레처럼, 사람이 불편하게 무섭다.

소통의 부재

자신의 철학을 믿고 그대로 행하는 이
생각한 바를 반드시 실행하는 이
내가 좋아하지 않는 것을
미치도록 좋아하는 이
주변의 시선보다 자신에게
눈을 더 맞추는 이
그래서 나 같은 사람은
안중에도 없는 이

이런 이들을 볼 때면
샘솟는 부러움과
밀려오는 열등감 때문에
"저 사람은 이상해"라고
깎아내리게 된다.

저 사람은 '이상^{理想}, 해'라고
인정해버린 줄도 모르고.

이상, 하더라

어느 날, TV 프로그램을 통해
다양한 직업들을 만나 보게 되었다.
세상 모든 직업에는
자기만의 역할과 이야기가 있었다.
다른 직업에서 찾아볼 수 없는,
그 직업만이 가진 낭만들에
감명받았다.

부끄럽지만,
마음 한편에 오래도록 숨어 있던
내림차순의 틀에서 벗어나
다양한 직업들이 가진 고유의 낭만과
멋을 바라보고 싶었다.

조금은 서운했을 직업들과
각자의 위치에서 최선을 다하고 있는
모든 우리에게 찬사를 보낸다.

JOB생각

소리 없이 노래해 주고
대사 없이 연기해 주며
자막 없이 웃게 해 놓고
박수 한 번 받아 본 적 없는 사람

그럼에도 박수 소리까지
전해 주는 사람

TV 속 수화 통역사

자기 일을 하면서
단 한 번도 웃어 본 적 없는 사람

일을 잘 끝마치고도
단 한 번도 축하받은 적 없는 사람

그럼에도 떠나는 이들의 마지막을
매일 배웅해 주는 사람

장의사

기껏 데리러 왔더니
다들 한 걸음 뒤로 물러난다.

서운할 법도 한데
끝내 자신의 품으로 다 안아 준다.

전철 기관사

그들은 이름처럼, 우리를 소방했고
그들의 이름처럼, 우리는 방관했다.

소방관

깎아 달라면 깎아 주고
말려 달라면 말려 주고

남 잘되는 꼴을 못 보는 세상인데
남 잘되는 꼴만 만들어 주는 사람들

헤어 디자이너

돈 없다고 하는데
볼 때마다 살쪄 있다.

해외 다녀왔다는데
아저씨들하고 찍은 사진만 가득하다.

맨날 바쁘다면서
결혼식 참석률이 매우 좋다.

모임 끝나고 나면
집으로 가는 꼴을 본 적이 없다.

웃음이 고팠는지 별거 아닌 얘기에도
바보처럼 가장 많이 웃는다.

근데 그 이상한 바보가
우리 중 가장 브레인이다.

대학원생

2

퇴근을 하다가

퇴근길, 회사와 집 사이에서
평범한 직장인과 나라는 사람이 끝임없이 갈등한다.
평범한 직장인은 원래의 나에게서 많은 걸 빼앗았기 때문이다.

찬 바람 맞으며 출근할 때면
내 몸이 움직이는 게 아니라
내가 몸을 질질 끌고 가는 것 같다.

아마도 월급은 한 달 동안
출근하기 싫은 마음과
무거운 몸을 이끌고
회사까지 무사히 도착한 것에 대한
배송비일 것이다.

오늘도 배송 완료

어릴 때 힘들면 '영차영차'
지금은 힘들 때 '연차연차'

노예들의 아우성

뭣 같아도 참고 하라는 말.

업무 메일 마지막 줄
'참고하세요.'

참고해

장사 하루 이틀 하냐면서
장사 하루 이틀 할 것처럼 일을 시킨다.

사람 장사

"원래 이 바닥이 그래."

"그래서 바닥인 건 아니고요?"

이 바닥이 바닥인 이유

'인생 길게 보자'는 말,
여기서 인생은 오로지 말하는 사람의
인생이더라.

내가 열심히 하는 것 중 대부분은
남의 인생을 길게 해 주는 것들이더라.

이기적인 사람들에게
이타적으로 살아 주기

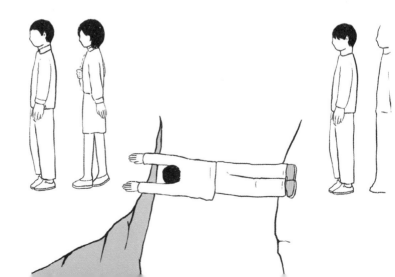

초등학교 6학년 때, 학원 버스를 기다리는데
멀리서 중학생 형들 3명이 다가왔다.

무리 중 가장 쫄따구로 보이는 녀석이
"너 돈 있냐?" 물었고, 나는 관례대로 "없는데요"라고 했다.

다음 대사를 준비 못 한 쫄따구가 어버버할 때
덜 쫄따구가 나타나 "뒤져서 나오면 뒤진다?"라고 말했고
나는 관례대로 "진짜 없어요"라고 했다.

그제야 나타난 우두머리가 내 행색을 훑어보더니
"야, 그냥 보내"라고 했다.

상황 종료를 알리는 우두머리의 말에
나도 모르게 "감사합니다"라고 말해 버렸다.
전혀 감사할 일이 아닌데도,
난 힘센 자에게 한없이 비굴했다.

그 당시엔, 아직 어리니까 충분히 그럴 수 있다고,
다른 친구들도 마찬가지였을 거라며 스스로를 위로했지만,
성인이 된 지금도 난 여전히 힘센 자에게 고개를 숙인다.
지금도 삥 뜯는 사람들에게 "감사합니다"가 습관이다.

내 저녁 시간을 회식과 잔소리로 삥 뜯는 팀장에게
"조언 감사합니다"하고
미팅 때 1시간이나 지각한 클라이언트에게
"시간 내주셔서 감사합니다"라고 말한다.

나는 초6 때나 33살의 지금이나,
'살기 위해'라는 명분으로
참 오래도 비굴하다.

감사하는 삶

팀장 : 너 하나 없어도 회사 잘 돌아가.
팀원 : 너 하나 없으면 뇌가 잘 돌아가.

우리는 하나다

직장생활을 하면
좋아하던 일도 사람 때문에
싫어지곤 한다.

그 와중에 제일 싫은 건
그가 나와 좋아하는 일이
같다는 사실.

같은 취향

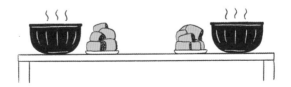

영화를 보다 보면 윗사람이 부하를
갈굴 때마다 쓰는 대사가 있다.
"어금니 꽉 깨물어."

이런 장면은 요즘 같은 시대에
절대 볼 수 없을 광경이라 생각하며
사회생활의 첫발을 내디뎠다.

하지만 그건 나의 오만과
편견이었다는 사실을
몇 개월 만에 깨달았다.
그들이 말하지 않아도,
어금니는 내가 알아서
깨물어야 하는 것이었다.

약속이나 한 듯
꼭 바쁜 날에만 태어나 주신
싫어하는 상사들의 생일마다
"스으릉흐는 틴잔니임~ 센신
추카한니다~ 오~~!"라며
어금니 꽉 깨물고,
생일 축하 노래를 불러야만 했다.

초급 복화술과 박수는
절대 3번 이상 치지 않는 것으로
전혀 축하하지 않는 나의 마음을
정성스레 담아 본다.

스 으릉흐는 틴잔니임

피와 살이 된다며 자꾸 잔소리하니까
내가 계속 살이 찌잖냐.

피살 당하다

오너가 가져야 할 마음가짐이라
오너 마인드인 건데
일부 사장들은 오너 마인드를
직원이 가져야 할 필수 덕목으로 착각한다.

직원들이 자기와 같은 마인드로 일하면
놀자판 된다는 걸,
본인이 더 잘 알 텐데 말이다.

쥐꼬리만 한 월급에도
당장 먹고살려고 뒷목 붙잡아가며
하루하루 버티는 미생들에게
짝퉁 왕관까지 씌우려 하지 말고
오너가 왕관을 내려놓고,
직원 마인드를 갖는 게
훨씬 회사에 도움이 될 것이다.

그렇게 되면 직원이 직원 마인드를 가져도,
오너 마인드가 될 테니
진정 사장이 원하던 그림이 되겠다.

오너 마인드

네가 누구 때문에 먹고 사는데.
내가 누구 때문에 밥을 굶는데.

클라이언트

책#지시안_V47
_final_최종_
수정7차_진짜_
마지막_.psd

직장에서 모두의 미움을 받는
상사의 책꽂이에는
『미움받을 용기』가 꽂혀 있었고

지나치게 솔직해서 상처를 주는 편인
후배의 책상 위에는
『나는 나로 살기로 했다』가
놓여 있었다.

내일 출근할 때
최대호의 『이 시 봐라』를
챙겨 와야겠다.

독서의 부작용

학창 시절, 눈 내리던 어느 날
미술 선생님은 학생들에게 아무거나 자유롭게
그려 볼 수 있는 시간을 주셨다.
한 학생이 백지를 냈고, 선생님은 학생의 태도를 나무라며
다시 그려 오라 했다.
그 학생은 자리로 돌아가, 이번엔 흰색 물감으로
하얀 스케치북을 가득 칠했다.
선생님은 화를 억누르며 물었다.
"장난치니? 도대체 뭘 그리고 싶었던 거니?"
학생은 나지막이 얘기했다.
"창밖이요."

나는 그 광경을 지켜본 한 명의 관람객으로서
그 친구의 용기와 창의력에 깊은 감명을 받았다.
무엇보다 '자유롭게'라는 말을
우리 중 가장 잘 이해한 것 같았다.
그리고 수업이 끝날 때까지 잔뜩 화가 난 선생님을 보며
자유에는 감당해야 할 책임이 따른다는 것도 깨달았다.

얼마 뒤 종이 울리고, 미술실에서 나올 때쯤
그 친구가 영어 공책을 흔들며 말했다.
"아~ 영어 숙제 다 했다!"

그 친구의 낭만과 용기는 그저 졸렬한 생쇼에 불과했다.
윗사람의 안목과 경험을 무시할 수 없다는 생각을 했다.

사회생활을 시작하니,
그 거짓말쟁이 친구와 같은 사람들이
진정 성실하고 능력 있는 사람들보다 더 인정받고
오래 생존한다는 걸 깨닫는다.
이젠 윗사람들의 경험과 안목에 매일 의구심이 든다.
지난날의 경험과 가치관들이 송두리째 흔들린다.

그럼에도 불구하고 나는 여전히 거짓말쟁이가 되지도
불합리에 반기를 들지도 못한 채 살아간다.

그저 과거와 현재, 깨달음 간의 충돌 속에서
이러지도 저러지도 못하고, 가운데 껴 있을 뿐이다.

낡이고, 나 꼈다

다들 수고했어~ 오후 7:44

수고하셨습니다 오후 7:44

수고하셨습니다. 오후 7:45

수고하셨습니다^^ 오후 7:47

수고하셨습니다! 오후 7:47

수고하셨습니다~! 오후 7:48

수고하셨습니다!! 오후 7:51

수고하셨습니다! ^^ 오후 7:59

오후 8:11 수고하셨습니다~! ^^

각하오톡 ㅅㅂ ☺ #

각하오톡

남의 야근은 빛나는 야경이고,
나의 야근은 빚 갚는 역경이고.

빚 갚는 빛

'칼퇴'라는 말은 야근을 전제로 한
잘못된 한국식 표현이지만
굳이 칼퇴의 명분을 말하자면
'정시 출근'으로 충분하다.

비싼 손목시계를 차고
휴대폰으로 시간을 확인하듯
정시 퇴근에 구태여 '칼퇴'라는
단어를 꺼내게 된다는 건

그건 그냥 장식임을 의미한다.

직장인들의 장식품

출근길에 사다리 같던 횡단보도도
퇴근길엔 실로폰이 된다.

오늘 하루도 딩동댕동이다.

전국 퇴근 자랑

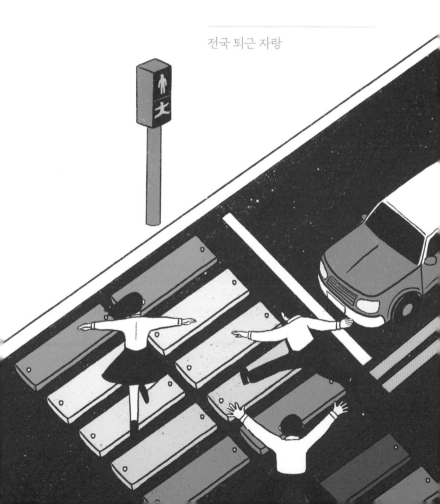

이어폰을 꽂고
음악은 틀지 않는다.
하루 종일 듣기만 했나 보다.

컴퓨터를 켜 놓고
휴대폰만 만지작거린다.
하루 종일 컴퓨터만 봤나 보다.

그토록 바라던 퇴근인데
정작 퇴근하면 내가 고장 나 버린다.

퇴근 후 고장

열심히 사는 건 어렵지만
열심히 안 사는 건 불가능한 세상

평범한 열심히

날이 갈수록 우리들의 잠재력이
줄어드는 이유를 이성적으로
고민해 보았다.

잠재력 = 잠 x 재력

그렇다.
잠재력은 '수면 시간'과 '월급'에
비례한다는 걸 알 수 있다.

이에 무엇 하나 충족되지 않는
직장에서
우리의 잠재력은 당연히
'0'에 수렴할 수밖에 없다.

당신의 잠재력이 의심된다면
잠시 자책을 멈추고
일단 회사부터 의심하도록 하자.

잠 x 재력

매일 반복되는 야근, 이틀에 한 번씩 밤새던 시절
가장 많이 들었던 생각이 '내가 이것밖에 안 되나?'였다.
제시간에 못 끝낼 만큼의 일을 받아 놓고서는
시간이 초과할 때면 자기 탓만 하기 바빴다.
다 내가 부족해서 이런 삶을 살고 있다면서 말이다.

그러다 문득,
근로 노동 시간 세계 1위의 나라에서 일하고 있으면서도
습관적으로 자신의 능력 탓만 하고 있는 나를 보니
'내가 괜히 세계 1위의 샐러리맨이 아니구나'하는 생각이 들었다.
세계 1위도 좋지만, 내가 나한테 1순위가 아니라면
사는 게 아니라 살아 주는 것이 되어 버리기에
이제부터라도 내 탓을 멈추기로 한다.

자신에게 부족함을 느끼고 있는 사람들에게 전하고 싶다.
나도 당신처럼 꾸준히 성장하고 싶은 욕심이 있고,
잠이든, 여가든, 어떤 희생이 따를 각오도 되어 있다.
다만 뜻대로 일이 잘 풀리지 않을 때, 자책과 자기 비하를 하면서
잠재력이라는 미지의 영역까지 희생하지는 않기로 했다.
그거 하나만큼은 챙겨 놓고, 힘들기로 결정했다.

구름에 가려진 태양이 잠시 보이지 않는다고 해서
태양의 존재를 의심하지 않듯,
오늘부터 당신의 잠재력에
근거 따위 필요 없는 신뢰를 보내 보자.

그때의 '알겠습니다'가 쌓여서
오늘의 '앓겠습니다'가 됐어요.

사직서 번역본

사직서는 역시

회사 프린터로 뽑아야 제맛이 난다.

사직서 맛집

몸무게를 줄이려면 운동을 하거나,
덜 먹으면 되는데

삶의 무게를 줄이려면 운동을 못 하거나,
더 먹어 놔야만 한다.

직장인이 살찌는 이유

사회생활 버티기도 다 기술이다.
월급쟁이라 낮추지 마라.

직장인들은 순수 업무 외에도
출퇴근 환승 시간 맞추기,
농담 받아치면서 끊기,
상사 트림할 때 숨 멈추기,
티 나게 야근하고 티 안 나게 퇴근하기,
발걸음 소리만으로 상사 기분 체크하기,
간식 내기 안 걸리기,
엄마한테 괜찮은 척하기 등
다 세지 못할 만큼의 많은 기술을 갖고 있다.

세계 근로 시간 1위 하는 사람들이
스스로 쟁이라 낮춰 부르는 나라가 또 있을까.
지나친 겸손이다.

우리는 월급장이도 모자라
월급장인이다.

월급장인

취전:

월급이 발 사이즈보단 컸으면 좋겠어.

취후:

월급이 아이큐보단 높아서 다행이야.

Before & After

남의 돈 벌기 쉬운 줄 아냐니.
내가 일했으면 내 돈이지. 새꺄.

내 돈 벌기

돈 걱정하지 말자.

있다가도 없는 게 돈이고
이따가도 없을 게 돈이니까.

원래 없돈

가끔 해외 토픽을 보면
복권에 당첨돼 몇백억을 받고도
몇 년 못 가 패가망신했다는 소식을 접하게 된다.

대부분 도박과 유흥에 모두 탕진했다고들 하는데
이런 사람들을 보면 너무 한심해서 견딜 수가 없다.

'멍청한 새끼. 절반 뚝 잘라서 통장에 넣고,
이자로만 생활비하고
나머지 돈으로 4층짜리 건물 하나 사서
1층에는 스타벅스, 2층에는 PC방, 3층에는 작업실,
4층에는 펜트하우스 만들어서
평생 임대료 받으면서 살면 되는데.
어우, 갑갑하다. 갑갑해.'

지금도 월급 반으로 쪼개서,
적금 넣을 생각 안 하는 주제에
남의 당첨금은 참 계획적으로 사용해 보았다.

너무 한심하고 재밌다.

한심잼

무료한 일상의 장점은
돈이 들지 않는다는 것.

단점은 돈이 없어서 그렇게 됨.

무료

유튜브 영상 볼 때마다
중간 광고에 치를 떨면서도
광고 없이 즐길 수 있는 멤버십 가입을
꿋꿋이 안 하는 이유는

'시간은 많고 돈은 없다'는
타고난 현실 감각과

'난 아낄 건 아끼는 알뜰한 사람'이란
망상 때문이다.

현실주의자의 망상

월 세 월 세 월 세 월 세월

출가하니,
세월의 흐름을 월세로 깨닫는다.

세월무상 월세유상

나는 하루에 얼마를 벌까?
퇴근길, 휴대폰 계산기를 켜고
월급을 30일로 나누었다.
'내가 하루에 요만큼밖에 못 버는구나.'

주말 이틀씩 빼고 22일로 나누니
'이제야 딱 알맞게 못 버는구나.'

이번엔 한 달에 고정 지출로 얼마가
나가는지 계산해 보았다.
월세 + 교통비 + 식대 + 휴대폰 요금 +
학자금 대출 = 약 100만 원

숨만 쉬어도 나가는 돈이 이만큼이니
돈 아깝지 않게,
숨이라도 많이 쉬어야겠다.

'아, 그래서 한숨을 많이 쉬는 거였구나.'

퇴근길 한숨의 이유

옷을 사면 1주,
차를 사면 1개월,
집을 사면 1년이 행복하다.

그 이상은 행복할 수 없다.

그 몇십 배의 기간 동안
개같이 메꿔야 하니까.

할부자 1

어릴 땐, 잘못하면 바로바로
혼나는 게 좋았는데

지금은 최대 36개월에 걸쳐
나눠 맞는 게 좋더라.

할부자 2

질질 끄는 건 싫으니까, 일시불

덕분에 회사 또 끌려가 일, 시불

일시불

래퍼 지코를 좋아하지만
"네 연봉은 내 한 달 치 생활 유지비 정도!"
라고 쓴 가사는 솔직히 상처받았다.

근데 지코 검소하네.

검소한 연봉

돈이 돈을 낳는다는데
내 돈은 피임하나 봐.

———————————————————————

콘돈

옷장을 열면 입을 옷이 없다.
입지 않는 옷이 너무 한가득이라.

카톡 친구 목록

휴대폰이 사라지면
다시는 만나지 못할 인연들이
수두룩하다.

휴대폰을 잃어버리면 불편하니
어서, 그들이 날 잃어버렸으면 한다.

완벽한 타인

용서 없는 화해가 잦아진다.
얽히고설킨 인간관계 속에서
나만 모난 사람 되는 게 싫어
알맹이 없이 껍데기로만 화해한다.

마음의 평안을 위해 화해로 포장할 뿐
그 안에 담긴 마음은
여전히 화끈거린다.

어릴 때 화해는 다툼의 종지부를 찍고
더 견고한 관계의 시작을 알리는
마침표였는데

지금은 엉성한 관계의 시작과
기약 없음을 의미하는 '…'이 되었다.

용서 없는 화해…

우리에겐 각자의 인간관계 경험을
쌓아 둔 데이터 파일이 있다.
요즘 내 데이터 파일에 문제가 생겼다.

'이 사람은 싫으니까 다시는…'
'저 사람은 별로니까 나중에…'
나이가 들수록 줄어드는 메모리와
정리할 시기를 한참 놓친
쿠키 파일들 탓에
한 번 입력한 데이터를 좀처럼
수정하지 못한다.

그렇게 내 인간관계 데이터 파일은
수정 불가한 읽기 전용이,

한 번 쓰여진 대로 사람을 판단하고
잃어 가는 나는
잃기 전용이 되어 가고 있다.

'Cannot write and edit, only read.'

읽기 전용

시간도 없고, 여유도 없기에, 수정도 없습니다.
한 번의 다툼과 갈등으로 끝나 버리는 관계들이
쌓여 갑니다.

그저 그런 인연들 무의미하다며,
지칠 바에야 지워 가라는 말들이
세상을 가득 메우고 있지만

때론 상처 없는 관계만 바라는 건 아닌지,
아무 노력 없이 사람을 쉽게 얻고
쉽게 버리는 방식에만 익숙해진 건 아닌지 걱정됩니다.

살다 보면 흘려보내야 할 사람들이 정말 많지만,
그게 너무 익숙해지면
정작 붙잡아야 할 사람들도
쉽게 놓치는 사람이 될 것만 같습니다.

어쩌면 이미 그러고 있을지도 모릅니다.
꽤나 많이 보내고도
여전히 잃어 가고 있는 걸 보면 말입니다.
이쯤에서 내 마음에 구멍 난 곳은 없는지
잘 살펴봐야겠습니다.

진지한 대화를 나눌 때
가져야 할 마음가짐은
'존중, 이해, 공감, 유일함'이다.
어차피 까먹을 테니
문장으로 외워 보자.

"너로 살아 본 건 너뿐이지만,
널 이해할 수 있는 사람은
나뿐인 것 같아."

존·니·공·유

'위로'는 생긴 것과 달리
위도 아래도 아닌
옆으로 건네야 한다.

위로해 줄 땐
'너보다 잘나서'
'덜 아파서'
'더 행복해서'가 아닌

'너의 옆에 있어서'여야 한다.

위로는 옆으로

콘센트를 보지 않고
전기 플러그 하나 꽂는 것도
이리 어려운데

눈을 맞추지 않고서
어떻게 사람 마음이 맞을 수 있겠어.

화해는 만나서

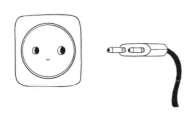

사람들이 생각보다
나에게 관심이 없는 게 아니다.

아직 내게 관심을 끌 만한
좆같은 일이 안 일어났을 뿐이다.

관심과 가십

"내가 궁금한 건 못 참는 성격이라
그런데…."

궁금한 걸 못 참는 만큼
대답해야 하는 이는 참아야 하더라.

자신이 궁금한 걸 못 참는 성격이라
말하는 사람들은

왜 다른 사람들이
궁금한 걸 애써 참아 내는지는
안 궁금한가 보다.

호기심 넣어 둬

살다 보면 종잡을 수 없을 만큼
다양한 색깔의 매력을 가진
사람들이 있더라.
그들이 가진 다양한 매력을
요약하면 둘 중 하나다.

무지개 색이거나
무지 개색이거나.

무지개색

배가 고플 땐,
아무거나 먹어도 되는데

사람이 고플 땐,
아무나 만나면 탈 난다.

고플 때

기쁨을 나누면 적이 되고
슬픔을 나누면 밥이 된다.

적밥

조언을 구하지 않은 내게 조언해 줄 땐
먼저 코덱 설치부터 해 줬으면 좋겠다.

'이건 내 경험인데'
'너에게 도움이 되었으면 해서'
'잠깐 대화 가능해?'
'개인적인 생각이지만' 등
귀를 두드리는 노크 같은 것들 말이다.

누군가 노크도 안 하고,
방문 열어 버리듯 조언을 쏟아 낼 때면
열려 있던 귀가 막혀 버린다.

들키지 않으려 고개를 끄덕거리고,
의미 없는 리액션을 반복하지만
소리 없이 혼자 열변을 토하는
그 사람의 표정만 조금씩 바뀔 뿐,
내게 전달되는 건 아무것도 없다.
그렇게 코덱 없는 영상처럼
서로에게 무의미한 시간이 되어 버린다.

나는 확신한다.
조언과 잔소리의 차이는 그 내용이 아니라
코덱을 잘 설치하고, 재생 버튼을 눌렀는가의
아주 간단한 차이라고.

상대의 마음에 코덱을 설치한 뒤
플레이 버튼을 누른다면
고화질의 진심과 고음질의 조언이
아주 선명하게 전해질 거라고.

대화용 코덱

혼자 있는 시간을 견디지 못하는 사람들은
다른 사람과 있더라도, 늘 휴대폰을 손에 쥐고 있다.
엄밀히 말하면, 휴대폰이 아닌 사람을 쥐고 있다.

지금의 만남이 재미가 없어질 때 즈음
다른 누군가를 만나
새로운 재미를 채워 나가야 하기 때문이다.

하루를 가득 채우려는 듯 보이지만,
실은 공허한 자신을 바라볼 용기가 없어
견디지 못하는 모습일 뿐이다.

이런 이들은 사람을 시간 단위로 구별한다.
2시간짜리, 3시간짜리, 4시간짜리로 말이다.

한 번의 만남으로도 하루를 가득 채울 수 있는 사람은
시간이 아닌 그 사람과 나눈 마음의 깊이로 그날을 채운다.

2시간짜리 사람을 만난 이는 시간에 쫓기지만
마음의 깊이로 사람을 만난 이는 시간을 쫓아낸다.

'시간이 나서'가 아니라 '시간을 내서' 와준 사람에게
"우리 30분만 더 있다가 가자" 말하듯

앞으로도 시간보다 사람을 만나는 이로
시간을 쫓아내며 살아가길 소망한다.

시간을 쫓아내는 사람

네 얘기 실컷 들어 줬는데
내 한마디가 그렇게 졸리더냐?

하품하는 네 눈에 눈물이
가득 고였네.

누가 보면 내 얘기에
감동받은 줄 알겠어.

대화는 테니스라고 생각해.
주거니 받거니 랠리가 되어야 하는데

너는 혼자 스쿼시를 치고 있었구나.

스쿼시 대화

하나를 보면 열을 안다면서
아홉의 무리수로 쉽게 가까워지고

열 길 물속은 알아도
한 길 사람 속은 모른다며
아홉의 미지수로 쉽게 멀어지니

우리들의 인간관계에는 언제나
이 망할 놈의 아홉수가 껴 있다.

아, 이 글도 179쪽이네

돈을 아끼면
원금에 이자가 붙지만

말을 아끼면
앙금에 '참을 인'자만 붙는다.

그만 좀 아껴

내게 '충고'할 시간 있으면
그 말을 거꾸로 한번 읽어 봐.

그게 내가 바라는 거야.

고충

빚은 시간이 지날수록 커지는데
마음의 빚은 점점 사라져 간다.

커지면 갚기 힘들어질 뿐이나
사라지면 갚을 방법이 없다.

마음속 장부에 적힌 이름들이
점점 흐릿해져 간다.

마음의 빚

인간관계에서 우리가 반드시 지워야 할
문장이 있다.

'사람은 좋은데.'

"사람은 좋은데, 취하면 좀 변해."
"사람은 좋은데, 사소한 거짓말을 좀 해."
"사람은 좋은데, 좀 다혈질이야."

'사람은 좋은데'를 빼고 남은
뒤의 문장이 그 사람의 진짜 모습이다.
전부는 아닐지언정
지울 수 없는 명백한 그 사람의 모습이다.

'아' 다르고 '어' 다르듯
'좋은 사람'과 '사람 좋은'은 꼭 구별해야 한다.

좋은 사람과 사람 좋은

좋은 사람들 만날 시간도 부족한데
미운 사람을 생각할 때는
하루 온종일도 모자라다.

욕먹으면 오래 산다는 말,
내가 미워하는 데 들인 시간만큼
그 사람에게 나의 시간을
빼앗겼기 때문이 아닐까.

난 참 많은 시간을
빼앗기며 살았는데도
지금까지 멀쩡히 잘 사는 걸 보니

섭섭지 않게
남의 시간을 빼앗으며 살았나 보다.

본전

살면서 내 편보다
적을 만들지 말라던데

살아 보니 적이 없으려면
내 편도 없어야 하더라.

그래서 난 더더욱
내 편을 만들기로 했다.

외로움은 적이 많아서 생기는 게 아니라
내 편이 단 한 명도 없을 때 생겨나니까.

내 편

사람을 미워하는 건
참 골치가 아프다.

그 사람도 날 미워한다면
적반하장 같아 어이가 없고

그 사람이 눈치 못 채면
혼자 답답해 죽을 일이고

그 사람이 날 좋아한다면
미워하면서도 미안해진다.

미운 사람들은 눈앞에 없어도
정말 미운 짓만 골라서 한다.

미움의 늪

가득 찬 우체통에
전기세, 수도세, 카드 청구서 말고
한 통의 편지가 있었으면 좋겠다는
생각을 한다.

편지를 받는 가장 빠른 방법이
답장임을 알면서도.

편지를 쓰자

'옆에 있어 주는 것만으로도 힘이 되겠지'
라는 생각으로 옆에 머무르기만 했었다.

'해 줄 말이 없다'는 말로
무관심과 다를 바 없는 위로를 건네고

내가 침묵하는 동안
나에게 받아야 했을 위로를
친구는 혼자 독백하고 삼켰어야 했다.

잘 들어 준다는 건,
듣기만 하는 게 아니라
더 많이 쏟아 낼 수 있도록
등을 토닥여 주는 것인데

익숙지 않다는 핑계로 그러지 못해서
아니, 여태 익숙지 않은 것만으로
미안하다.

사랑하는 사람들이 힘들어할 때

1년째 안 본 베스트 프렌드가 있다.

베스트라고 꼭 모스트는 아니더라.

모스트라고 꼭 좋은 친구도 아니고.

베스트 & 모스트

내가 한숨을 쉬면
주위 사람들이 왜 한숨을 쉬느냐고
물어봐 준다.

"그냥…"이라고 답하지만
얼마 못 가서 속마음을 털어놓게 된다.

주전자 물이 끓으면
수증기가 하모니카를 불고
뚜껑을 열어 보게 되듯
그렇게 사람들은 내 한숨 소리에
마음을 열어 봐 준다.

주전자 뚜껑이 열리면
수증기가 사방으로 사라지고
요동치던 물이 호흡을 가다듬듯
들끓던 내 마음도 금세 잠잠해진다.

한숨이라는 내 작은 신진대사조차
그들은 짧은 대사로 들어 주었다.
내 미세한 감정까지 캐치해 주는
상대 배우들에게 항상 감사하다.

실력파 친구들

잘 됐으면 하는 애들은
항상 고생하고

좀 고생했으면 하는 애들은
항상 잘 되더라.

기분이 좋다.
내 주변인들은 날 존나게
응원하는구나.

응원하지 마

"다 잘 될 거야"라는
따스한 말 한마디보다
"야, 나도 좋됐어"라고
매번 새로운 소식을 전해 주는
친구가 좋다.

그런 의미에서 내 친구들은
날 얼마나 좋아할까.
나도 나 같은 친구가 있었으면 좋겠다.

친구의 좋은 친구

트럭에서 파는 전기 구이 통닭을 보며
저거 다 병든 닭이라고
먹지 말라고 하는 친구가 있는가 하면

병든 닭도 맛있게 만드니 저 아저씨 개쩐다며
관심을 보이는 친구도 있다.

이성과 감성, 개인의 성향, 때론 철학적인
나름의 기준들이 있겠지만

그런 골치 아픈 이유들을 다 떠나서
다음에 치킨을 먹는다면 고민 없이 후자인 친구와
먹고 싶다고 생각했다.

아마 내게 친구란 생명 연장보다
행복 창조의 의미로 존재하나 보다.

내 친구의 행복소생술

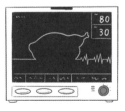

만날 때마다
"나 오늘 괜찮냐?"
묻는 친구에게 전하세요.

"너는 이목구비가 뚜렷해서,
얼굴에 그늘졌어."

엉망칭찬

친구들 생일 때마다
기프티콘 보내 놓고

막상 월말에 청구서 받으면
후회하는 찌질이들은 왜 살까.

우정 아깝게.

故 딥박 (1988. 12. ~ 2020. 07.)

주말마다 축의금이란 이름의
적금을 붓고 있다.

이 적금의 만기는
오직 내 결혼식뿐이다.

이러한 이유로
내가 결혼식에 참석한 친구들은
절대로 사망하지 말아야 한다.

'오래오래 행복하게 살아라' 의미

꽃에 날아드는 나비도
밤에 보았다면 나방이었다.

불빛에 날아드는 나방도
꽃밭에서 보았다면 나비였다.

언제 어디서 누구와 함께한다는 것은
사소한 일상이지만
그 사소한 조각들이 쌓이면
'나'라는 하나의 삶을 이룬다.

만약 내가 나비라면
원래 내가 나비였던 것이 아니라
나를 나비로 만들어 준 꽃 같은
사람들과 함께했음이다.

만약 내가 나비라면
언젠가 그들이 어둠에 있을 때
기꺼이 날아가겠다.

어둠 속에서도
그대들이 꽃임을 잊지 않도록.

나 Be

원산지 표기가 없으면 불안한 것처럼
인간의 원산지는 아직 정확하게 밝혀진 바가 없으니
항상 불안한 존재일 수밖에 없다.

특히 '마음'이란 건, 처음부터 내 것이었지만
내가 만든 게 아니라서, 나조차 그 속을 알 수 없다.
마치 살아있는 동안만 다른 이에게서 대여한 장기 렌트 같다.

렌트의 생명은 사후 관리에 있다.
누가 빌려줬는지 몰라도 불량품을 대여해 줬으면
고쳐 줘야 하는데
A/S가 엉망이란 생각이 들던 시절도 있었다.

그런데 내가 힘들고 아파할 때마다 혜성같이 나타나
곁에서 함께 아파해 주는 가족, 친구 그리고
연인에게 위안을 받을 때면
혹시 이 사람들이 렌트 업체가 보낸 A/S 기사가 아닐까 싶다.

반대로 그들이 힘들 때는 자연스레 내가 손을 잡아 주고
보듬어 주며, 상처받은 마음을 안아 준다.

사장이 누군지는 모르겠지만
이 렌트 업체는 초기 불량률이 높다.
다만 이를 알기에 수많은 A/S 기사를 보내 주고

때론 나에게 무급 A/S 기사를 맡기면서까지 사후 관리에
최선의 노력을 기울이는,
꽤 괜찮은 비영리 다단계 업체인 것 같다.

비영리 다단계 업체 렌트 후기

당신을 사랑해 주는 사람의 망막에
당신이 얼마나 예쁘게 맺히는지
당신은 평생 알지 못한다.

카메라 마사지를 받는 연예인처럼
그 사람의 눈을 렌즈 삼아
당신은 하루하루 더 예뻐지고 있다.

그러니 사랑받는 동안
셀카를 보며 못생겼다고
함부로 깎아내려서는 안 된다.

사랑받고 있다면
당신은 당신을 훨씬 더 많이
아껴 주어야 한다.

사랑받는 사람이 해야 할 일

사람이 사랑하는 데 필요한 건
딱 두 가지다.

사람과 사랑

다른 이유가 붙을수록
그건 사랑이 아니라,
자랑이 되어 가기에
더 이상의 사족은 필요 없다.

그래서 정말 사랑하면
'사족을 못 쓴다' 한다.

사족 못 써

알르레기면 어떻고
알레르기면 어떻냐.

네가 아픈 게 중요한 거지.

알러지

"오래 보아야 예쁘다"며
겉만 번지르르한 말로
널 묵혀 두기보다

지금 당장 널 예뻐하는
신선한 사랑이
그나마 유통 기한이 길지 않을까.

신선한 사랑

장수 커플에게 그 비결을 물었다.

남자:
이별하는 마음으로 바래다주고
고백하는 마음으로 데리러 가면 돼.

여자:
걔 혼자 역할놀이할 때,
비웃지만 않으면 돼.

그 남자 그 여자

"난 큰 거 안 바래"는
너무 작아도 안 된다는 말

최소 맥시멈 미만

연애는 서로의 자서전을
읽어 주는 것이고

결혼은 자서전을
함께 써 내려가는 것이다.

동반 집필

"결혼은 진짜 현실이야"라고 말하는
인생 선배들이 부럽다.

그들은
얼마나 환상적인 연애를 했던 걸까.

판타지 주인공들

결혼해서 같이 살더라도
사소한 안부를 자주 묻는 남편이
되고 싶다.

사랑의 아주 조그만 픽셀 하나는
그 크기가 아니라,
셀 수 없음을 의미하니까.

미세한 남편

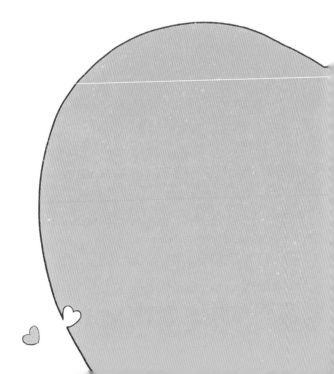

여 :
가끔은 오는 길에 꽃 한 송이
사 올 수도 있는 거잖아.
난 그런 사소한 것들을 원해.

남 :
오는 길에 꽃 한 송이 사는 걸
사소하지 않게 생각해 주길 바래.

사랑은 사소한 것을
사소하지 않게 받아 주고

사소하지 않은 것을
사소한 것처럼 해 줄 때

'사랑스러워'진다.

사랑스러운

대부분 손잡고 걷는 중년 커플을
불륜으로 보더라.

나이가 들면
꼭 와이프랑 손잡고 걷기로 다짐했다.

이제 한 여자를
두 번 사랑할 수 있겠다.

나의 바람

바람둥이에게도 배울 점이 많다.

자신의 감정에 매우 솔직하고 부지런하며,
적어도 자신의 모든 가능성을 열어 두고,
끊임없이 스스로 기회를 창출하고 얻어 내며,
인간관계의 잦은 굴곡들을 즐기고,
실패하더라도 새로운 도전 앞에
한 치의 망설임도 없다.

하지만 이런 좋은 모습들을 갖추고도
거짓말 없이는 채워지지 않는 삶을 살아가야 하는,
사랑을 해도 항상 외로울 수밖에 없는
비극적인 운명을 자초한다.

단 한 명만으로 가슴 벅찰 만큼의 행복,
선의의 거짓말도 가슴이 조마조마할 만큼의 순수함,
인생의 험난한 굴곡 속에서 함께 손잡고 걸어가는 유대감,
이 사람이 마지막 사랑이라 해도 좋을 만큼의 애틋한 사랑.

이걸 모르는 바람둥이 새끼들은
보통의 사람들에게 배울 점이 참 많다.

바람둥이 새끼들

사랑은
그 사람이 사랑받을 자격이 있노라
끝없이 알리면서
정작 나는 그 사람에게
사랑받을 자격이 있는가
수없이 되뇌게 하는 것이라

사랑을 줄 땐 확신에 찬 어른이 되고
사랑받을 땐 부끄러운 아이가 된다.

내 안에 어른과 아이가 공존하니
매일 스스로 가르치고 성장한다.

어른 아이

닦을수록 빛나는 게
보석이라는데

너를 보석이라며
매일 닦아 주는 게 걸레라면
닦을수록 더러워지겠지.

걸레를 멀리하는 것도
너를 빛내는 방법이다.

보석 관리

실연엔 약도 없다.

목적지가 사라졌으니까.

슬플지도

말하지 않아도
내 마음 다 알아주는 친구들은
참 오랜 세월을 함께했다.

사랑은 그 오랜 세월을 스킵하고
내 마음 단번에 맞춰 줄 인연을 만나
평생을 함께하고 싶어 하니,
우정보다 실망도 빠르고
이별도 잦은 것 같다.

사랑에 이별이 찾아오는 이유

20대 이별 후: "거기 서! 거기!"
30대 이별 후: "거기서 거기."

짬에서 나오는 바이브

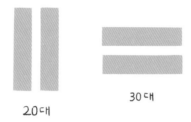

20대

30대

읽 씹 백 천 만

슬픔의 단위

이별 후 식음을 전폐한다면
그건 잊지 못해서이고

이별 후 식욕이 폭발한다면
그건 잊기 위해서이다.

잊기 위해 최선을 다하는 우리들

내 15년 지기 친구는 수능 전날 차였다.

그것도 재수생이었는데 말이다.

정말 잔인한 여자였지만 덕분에 나와 친구들은

10년째 질리지 않는 술안주를 선물받았다.

매년 11월 수능 언저리, 찬 바람이 불 때면

우린 다 같이 모여 연례행사처럼

그때의 이야기로 친구의 체온을 높여 준다.

한때는 그 친구도 배신감에 미치도록 아파했지만,

시간이 지나자 오히려 그 여자와 같은 나쁜 사람을

사전에 피할 수 있는 안목이 생겨서

훨씬 더 좋은 인연을 만나 행복한 시간을 보냈다.

살아 보니, 최악의 상황은 최고의 추억이 되기도 하고

최악의 경험은 최고의 훈련이 되기도 하는 것 같다.

누구보다 혹독한 훈련을 견뎌 낸 친구를 위해

수능 전날 이별을 고했던 친구의 전 여자 친구에게

한마디 하고 싶다.

"친구가 얼마 전 송내역 가는 버스에서 너 봤는데,

못생겨졌다고 좋아하더라. 뿡!"

재수생에게 재수 없었던 그녀

이사를 해야 한다.

요즘 나를 보면 눈을 피하던
집주인이 어렵사리 방을 빼 달라는 얘기를 꺼냈다.
갑작스러운 집주인 말에 당혹스러웠지만
'내가 여기 아니면 갈 데가 없냐'라는 생각에
별말 없이 그러겠다고 했다.

오랫동안 내 집처럼 지냈던 터라
세입자였다는 걸 깜빡하고 있었다.
집주인이 그동안 친절했었고, 정도 들었던 곳이니,
이왕이면 깨끗이 정리하고 나가고 싶었다.

구석구석 꾸며 놨던 장식품을 떼어 내고
화장실 한쪽에 자라난 곰팡이도 닦아 내고
얼마 전, 부지런히 조립한 가구들도 다시 조각조각 분리했다.

옷가지를 정리하다가, 이참에 입지 않는 옷들을 버리기로 했다.
이 옷 살 때, 저 옷 살 때의 추억을 떠올리며
감성에 젖기도 했지만
정말 오랜만에 묵혀둔 옷을 정리하는 터라
개운한 마음도 들었다.

헌 옷들을 버리니,
이제야 새 옷을 사도 될 것 같다는 생각이 들었다.

정리를 마치고, 옷장 손잡이를 살짝 들어 올리며 닫았다.
이렇게 하지 않으면 문에서 칠판 긁는 소리가 난다.
'원래부터 이랬으니까, 신경 안 써도 되겠지?'

현관문을 열고 비워진 방을 돌아보니
이젠 내 흔적이 하나도 없다.
마지막 모습을 눈에 담아 가고 싶었는데
흔적이 없는지라 담아 갈 게 없었다.
너무 깨끗해서,
오히려 내가 살 때보다 더 좋아 보여서 심술이 났다.

시원섭섭하다. 집주인한테도, 내 방한테도, 떠나는 나에게도.
몇 번을 경험했지만, 늘 익숙하지 않다.

그렇게 상대의 마음에서 짐을 빼야 하는 이별이란
매번 참 귀찮은 일이다.
그래도 게을러질 수 없는 건,
이런 순간마다 난 늘 '을'이기 때문이다.
다음 집은 세입자가 아닌 꼭 '내 집'이길 바라며
현관문을 닫았다.

'귀찮을 뿐이야, 괜찮아질 거고.'

귀찮을 뿐이야, 괜찮아질 거고

이별 뒤, 그 사람을 마음에서
떠나보내려 많은 노력을 한다.
하지만 노력한다는 자체만으로
그 끝엔 다시 그 사람이 있다.

이별의 초점은 오로지 나여야 한다.

그 사람을 떠나보내는 이별보다
그 사람을 만나며 잃어버렸던
나를 먼저 만나야 한다.

잠시 접어 둔 취미,
자주 보지 못했던 친구,
나에게 아껴온 돈 등
나와 이별했던 소중한 것들과의
재회 말이다.

그 사람에게서 나에게로
갈아타는 것만이 진정한 이별이다.
'어서, 나에게로 돌아와야 한다.'

Welcome back

아름다운 이별이란

"더 좋은 사람 만나길 바래"보다
"더 좋은 사람이 됐어"라는 말로

안녕 하는 것

아름다운 이별

3

혼자 밥 먹다가

가끔은 퇴근 후에 집으로 출근하는 기분이다.
집에는 아직 풀지 못한 나만의 짐들이 한가득 쌓여 있다.

전자렌지 돌리다

#상처
#자존감

집밥이 생각나서

#가족

설거지를 하다가

#일상
#딥박

얘 맨날 어디 감.

자존감

살다 보면 온갖 어이없는 상황들과
사람들로부터 기가 찬다.

그럼에도 쓸 만한 필살기 하나 없는
내 무능력함이 싫다.

약캐

인생은 선택의 연속이라는데
태어난 것부터가
우리의 선택이 아니었기에

매번 혼란의 연속이다.

선택적 선택의 연속

예전엔 보이지 않는 미래가
무서웠는데

이제는 뻔히 보이는 미래가
무서워진다.

Oh, I See

과거엔 미운 네 살
지금은 미운 내 살

내 살

최선을 다한다는 건 멋지게 진다는 말이 아닌데,
난 보통 질 것 같을 때 최선을 다하자 다짐한다.

엄밀히 말하면, 실패하더라도 미련과 후회에
아프지 않도록 최선을 다하는 척을 한다.
마치 최선을 다했던 것처럼 기억되도록 말이다.

쓰라린 실패가 두려워
'최선'이란 이름의 반창고를 먼저 갖다 붙이고
최선을 다하고도 실패할 것이 두려워
최선을 다하지 못하는 나는,

단순한 겁쟁이가 아니라
그래 본 적도 없으면서 그래 본 척하는
비겁한 허풍쟁이기도 하다.

겁쟁이는 허풍을 싣고

시간은 약이지만

진통제일 뿐 치료제는 아니더라.

시간의 한계

아픈 만큼 성숙하지만
성숙한 만큼 아픔도 숙성되더라.

발효 과학

다음 중 적절한 오늘을 고르시오.

① 오늘 하루 이룬 게 없네.
② 오늘 하루 일은 개 많네.
③ 오늘 하루 잃은 게 많네.

모두 정답인 것 같아서
고를 수가 없었고

모두 정답이지만
알맞지 않아서 고르지 않았다.

노답

어렸을 땐 좋아하는 것을
참아야 했는데
지금은 싫어하는 것을
참아야 할 때가 많다.

싫어하는 것을 힘겹게 참아 내자
단돈 몇 푼과 어린 시절에 대한
그리움만 남았다.

단돈 몇 푼은 늘 달콤하고
그리움도 추억이라 부르면
그럭저럭 살 만하나,
앞만 보며 빨리 어른이 되고 싶던
어린 시절의 나와
옛날로 되돌아가고 싶어 뒤돌아보는
지금의 내가
마주했던 순간이 단 한 번도
없었다는 게 서글프다.

'지금이 딱 좋아!' 하며,
과거의 나와 지금의 내가
서로 마주하는 순간이
하루빨리 오기를.

접점

열, 스물, 서른, 마흔⋯
말만 봐도 어른의 시작은
서른이 분명하다.

그렇게 서른은
'30세가 넘은 어른'의
준말인 줄 알았는데

나만 '서투른'의 준말처럼
살아가고 있다.

서른

자신의 슬픔을
함부로 말하지 않는 것이 청춘

남의 슬픔을
함부로 가늠하지 않는 것이 어른

내 안의 청춘은 가뭄이고,
어른은 흉년이네.

서른셋, 그 둘이 내 안에

에어컨과 반대로
난 밖에서 쿨하니까.

내 마음 안에서는
뜨거운 바람이 불어.

뜨거운 바람

밖에서는 쿨한 편입니다.
고작 쟤 때문에 스트레스받고 흔들리는
나약한 나를 드러내기 싫거든요.
그러고 집으로 돌아와서는 온종일, 몇 날 며칠을 미워합니다.
가슴이 뜨거워질 정도로요.

밖에서 잘도 쿨한 척 넘어갔지만
그만큼 내 마음속에서는 뜨거운 바람이 몰아치는 거죠.

사회생활하는 데 스트레스 안 받을 수 없고
사람 안 미워할 수 없어요.

만약 그 반대가 있다면,
그건 예쁜 에세이들이 지어낸 소설 같은 세상에서나
가능한 일일지도 모르겠습니다.

현실에서는 어쩔 수 없이 생긴 스트레스와 미움으로 가득 찬
내 안의 뜨거운 바람들을 환기시켜 주는 방법밖에 없습니다.
그 방법은 사람마다, 취향마다 다르겠죠.
어떤 방식이든 되도록 자주 마음의 열기를 식혀 주세요.

쿨해지고 싶은 마음은 자연스러운 겁니다.
보여 주기 싫은 모습, 들키기 싫은 모습들을 감추는 건
쇼도 아니고 가식도 아닙니다.
그저 적응이고 배려일 뿐입니다.

좋은 분위기를 위해서 나에게 해를 끼친 상대방까지 품고,
토해 내지 않는 아주 고난도의 배려인 거죠.

오늘도 삶에 적응하고, 모두를 배려하느라 피어오른
마음속 아지랑이에
아아든, 콜라든, 소주든, 맥주든, 바깥바람이든
마음에 드는 것을 골라 열기를 식혀 주면 좋겠어요.

그 자체로는 별 소용이 없겠지만
좋은 일이 올 때까지, 그렇게 시간을 버는 겁니다.

아무것도 아닌 내가

믿을 만한 동료,
잘 들어 주는 친구,
듬직한 연인,
내색하지 않는 아들로 살아가

하나하나 내 모습이라 생각했는데

힘에 겨워 울고 있어도
거울에 눈물 한 방울
비치지 않는 걸 보니

난 그저 세월이 준 가면을
덧쓰고 있나 봐.

세월이 가면

인간이 나무를 뽑고 고속도로를 뚫을 때
지구도 이렇게나 많이 아팠을까.

M자 탈모가 진행 중이다.
경부고속도로로 치면, 2~3년 전까지만 해도
기흥이나 신갈 분기점 정도까지 뚫렸었는데
지금은 천안을 지나 대전을 향해 달려가고 있다.

외모에 대한 자신감이 떨어지니 사람을 만나는 게
전보다 즐겁지가 않다. 몇 번의 상처 때문이다.
처음 보는 사람들은 원래의 내 모습을 알지 못하니
보통의 탈모인으로 인식하거나, 초면에 탈모에 대한
언급을 할 수 없기에 그럭저럭 무난하게 넘어간다.

오히려 탈모 스트레스의 대부분은
오랜만에 만나는 지인들에게서 받곤 한다.
대화할 때 눈을 바라보는 편인데,
상대방의 눈동자가 내 이마를 향해 있을 때면
나도 모르게 눈을 내리깔게 된다.
때론 "머리 왜 이렇게 많이 빠졌냐?"라는 직설적인 질문과
"머리 어디로 다 날아갔어?"라는 비아냥을 듣곤 한다.
속으론 '이게 사람이 할 소린가?' 싶다가도
탈모 때문에 화까지 내 버리면,
'성격이 저러니까, 머리가 빠지지'라는 생각을 할까 봐,
"유전이야"라고 최대한 짧고 상냥하게 대답한다.

그들 머릿속에 존재하는 시계보다 더 빠르게 흩날려 간
내 머리카락이 원인이기에, 그들의 무례함만을 탓할 수 없다.
하지만 탈모는 명백히 내 잘못도 아니다.
그게 매일 억울하다.

그런 몇 번의 질문들에 상처받다 보니
사람들이 모인 자리에서
외모나 머리카락에 관한 얘기가 나오면
"머리가 자꾸 빠져서 걱정이야"라며
먼저 선수 치는 아주 멋없는 버릇이 생겼다.

그렇게 내 마음에 먼저 상처를 내면
가해자를 만들 일도 없다.
이렇게 착한 마음을 가져 보아도
머리카락은 새로 자라나지 않는다.

며칠 전, 샤워하는데 발등 위로 물이 차올랐다.
막힌 하수구 위로 머리카락이 한 줌이었다.
머털 도사처럼 소원을 빌 수 있는 머리카락이었다면
온 세상을 갖고도 남았을 양이었다.

아주 독한 액체로 막힌 하수구를 뚫었다.
녹아 버려야 하는 내 머리카락을 보니 슬퍼졌다.
이미 한 번 죽어 버린 것인데, 이젠 완전히 사라질 차례다.
내 자존감처럼 말이다.

가끔 밖에서 나보다 심한 탈모인을 볼 때면
떨어졌던 자존감이 살짝쿵 올라오곤 하는데,
그럴 때마다 거울보다 더 마주하기 싫은 내면을 마주하게 된다.
남의 상처를 보고 내 상처에 연고를 바르는 괴물의 모습을.

내 이마에 뚫린 고속도로는 기껏해야 부산에 닿겠지만,
내 마음에 뚫린 고속도로에는 밖으로 나가는 톨게이트조차
없을 것 같다.

탈모 IC

상처가 나면 남의 상처로 덮는 사람들이 있다.

가난의 상처 때문에
다른 사람의 부를 짐작하고 깔보는 사람
애매한 학벌이 싫어서
자기보다 낮은 학벌을 보면 우월감이 샘솟는 사람
외모 콤플렉스가 심해서
다른 사람의 콤플렉스를 쉽게 잘 찾아내는 사람
자기의 모난 성격이 드러날까
항상 먼저 찔린 것처럼 아파하는 사람

그냥 귀여운 캐릭터 반창고 하나 붙이면
저기에 상처가 있구나 하며 이해할 텐데,
굳이 남의 상처를 떼어 자기 상처를 가리는 사람들을 보면

난 그들을 깔보게 되고, 우월감이 솟고, 약점을 찾은 것 같고,
안쓰럽고 불쌍해서 뒈질 것 같다.

상처의 알고리즘

모난 그릇에는
무얼 담든 모가 난다.
내 성격은 이 모난 그릇과 같아서
무얼 담아도

엣지 있어.

엣지나

아프지 않도록 감싸 주는 게
자존감인 줄 알았는데

아파도 다시 일어설 수 있도록
나를 믿어 주는 게 자존감이더라.

진짜 자존감

오늘도 자기 자신을 깎아내리시네요.

조각같이.

조각가

네 인생의 주인공은 너지.
하지만 다른 사람들이
널 위한 조연은 아니지.

나도 주인공이거든.

존중

좋은 일이 왜 꼭 와야 해.
내가 먼저 찾아가면 되지.

가만있어, 내가 갈게

"아직도 꿈만 꾸고 다니냐?"

"아니,
 난 누구한테 꿈을 꿔 본 적이 없는데."

꿈은 미래의 나에게서만 꿔

남들이 정해둔 루트에
나를 대입시키는 건

내 잠재력에 루트를 씌우는 걸지도.

√ 잠재력

열심히 살아야지 하면
잘하는 게 중요하다고 하고

잘할게요 하면
처음부터 잘하는 건 없으니 노력하라 하고

노력하겠다 하면
네가 정말 좋아하는 것에 노력하라 하고

정말 좋아하는 걸 해 보겠다고 하면
좋아하는 일에는 책임이 따른다고 하고

책임을 다하겠다고 하면
그런 말 쉽게 하는 거 아니라며 정말 열심히 하라 하고

열심히 살아야지 하면
잘하는 게 중요하다고 하고

내 인생을 두고 남의 말을 듣다 보면
루트가 아니라 루프에 빠진다.

열심히 잘 좋아하는 일에 책임을 다하며
살아 보겠는데 시간이 아까워서 이만

자존감이 떨어질 때마다
다시 끌어올리기 위해 만든
주문이 있다.

"나는 샤워할 때 물 온도를
세상에서 제일 잘 맞춘다!"

자존감 샤워

우리의 지문이 서로 다른 이유는
각자 빠져나와야 할 미로가
다르기 때문이다.

미로

인생은 무지개를 보려고
비를 참아내는 것이 아니라

부침개를 먹으려고
비를 기다리는 것이다.

비문학

내가 가치 없는 사람으로 느껴질 때
하나만 기억했으면.

나는 인류 역사상
단 하나의 한정판으로 태어나

단 한 번의 한정판으로
영원히 단종된다는 것을.

한정판

종이에 새겨진 글들이야
지우면 그만이지만
구겨진 종이에 남겨진 주름은
다시 펼 수 없다.

마주하기 힘들더라도
마음에 새겨졌던 아픈 말들을
하나하나 지워 나가야만 한다.

스스로 구겨 버리지는 말자.
내 마음은 단 한 장밖에 없으니까.

단 한 장

반전에 반전을 거듭하면 결국 제자리

내 삶에 변화가 없는 건
가만히 있기 때문이 아니라

예상 밖의 문제들이
상식 밖의 또라이들이
거듭 내게 찾아오기 때문이야.

반전의 연속

내 인생은 수필인데
몇 페이지, 몇 구절만 읽고서
틀렸다고 지적하는 사람들이 있다.

제대로 읽어 준 것도 아니면서
평가 좀 그만했으면 좋겠다.

인생이란 에세이는
분량도, 굴곡도 많아서
몇 페이지만 보고서는
절대 헤아릴 수 없다.

평가보단 감상이 어울리는 장르다.

이 책은 에세이

신발 끈 묶는 법을 처음 배웠을 무렵
신발 끈이 빨리 풀어지길 바라며
더 뛰어놀곤 했다.

그땐 몰랐지만, 신발 끈이 풀려도
실패라 부르지 않았고
스스로 해결해 나갈 기회라 여기며
작은 성취감에 재미를 느꼈던 것 같다.

어느새 서른이 넘었다.
점점 한 번의 실패가
뼈아픈 나이가 되어 가지만

스스로 신발 끈을 묶는 것만으로
뿌듯해하던 시절을 떠올리며
느슨해진 신발 끈을 풀고
다시 한번 꽉 조여 본다.

이런 모습이 제법 잘 어울렸던
나이기도 하니까.

나이기

'가능한 게 없다.'
'가능 한계 없다.'
현실의 무게가 버거울 때마다
아주 가끔 일기를 쓰곤 하는데,
내 가능성을 의심하며 적은 문장에서
'가능'에 더 어울리는 문장을
새로이 찾게 되었다.

말로 뱉었다면 없었을
띄어쓰기 한 칸의 여유와
한 획을 더 그을 수 있는 고민이
일기를 쓸 땐 생겨난다.

누군가의 말처럼
일기는 단지 기록에 그칠 수도 있다.
하지만 일기를 쓰는 나는 말한다.
기록은 언제나 경신된다고.

오늘 하루를 기록하는 것만으로
더 좋은 날들이 생겨날지 모른다.
힘들 때일수록 기록하며,
오늘의 행복이 경신될 날을 만들자.

기록 경신

45억 1,000만 년 살아 본 저 달도
한 달마다 요요 오는데

100년도 못 살아 본 내가
다이어트 실패하는 건 당연해.

달달한 위로

편의점 햄버거는 나보다 더 다혈질이다.

단 몇 초만 더 돌려도 용암이 되어 흘러내린다.

조리 방법에 적힌 대로 30초를 돌리면 햄버거를 마셔야 한다.

수십, 수백 번의 경험상 26초가 가장 적절한데

아마도 전자렌지가 30초 단위여서 30초로 표기된 것 같다.

때때로 우리의 삶은 '전자렌지 30초'처럼

이미 정해진 기준과 단위에 억지로 껴 맞춰지는 경향이 있다.

남성 키 178cm 이상, 여성 44 사이즈 몸매,

30대 연봉 4천 이상, 유명한 맛집,

평론가가 추천하는 영화, 기간 한정 바우처,

TV에 나온 해외 여행지 등

내 본래의 모습, 입맛, 취향, 상황 등에 맞춰

나만의 삶을 살아가야 하는데

이미 정해진 틀과 주변의 시선이 만들어 낸 여러 단위에 맞춰

살아가기 바쁘다.

내가 만든 기준과 단위들로 살아가려 해도
그 단위를 만들기 위해서는 편의점 햄버거의 '26초'처럼
숱한 좌절을 겪어야 한다.
하지만 한번 찾으면 죽을 때까지 사용할
'나만의 단위'를 꼭 찾아 나서야만 한다.

아무리 작은 것이라도
나를 행복하게 해 주는 것들을 하나하나 알아 간다면
일상에서 언제든 의도된 행복을 만들 수 있기 때문이다.

전자렌지 26초

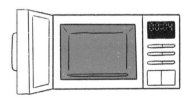

지금 이 순간,
가장 미운 사람을 떠올리자.
그 새끼가 내 장례식장에서
"육개장 맛있다!"며 감탄하고
장례식 끝난 뒤에 친구들을 모아
코인 노래방에 가서
선미의 '가시나' 부르는 상상을 하자.

뉴스나 서적을 통해 살펴본 결과,
자살은 오래된 충동인 것 같다.
나약한 이들에게 벌어지는 일이 아니라
보통의 우리에게 힘겨운 시간들이
쌓이고 쌓이다 하나의 선택지가 생겨나고,
오랫동안 고민하다 충동적으로
마킹하게 되는 답안지처럼 말이다.

나에게도 그런 선택의 순간이
다가올지는 아무도 모른다.
그럴 때를 대비해 위에 적은 대로
이미지 트레이닝을 하는 것이다.

스스로 세상을 떠난 이들이
오죽했으면 사랑하는 사람들을
남겨 두고 떠났을까 싶다.
어쩌면 사랑하는 사람들이 없어서
떠났을지도 모르겠다.

만약 당신이 그러한 상황이라면
미운 사람들을 떠올려서라도
망설이고, 악에 받쳐서라도
살아갔으면 좋겠다.

사랑하는 사람들을 위해
살아가는 게 부담이라면
미워하는 사람들을 위해
죽어 주지라도 말자.

미움에 기대서라도

미움에 기대서라도

하루의 끝자락, 달력에 빨간 'X'를 그었다.
딱히 불행하거나 안 좋은 일이 있었던 것도 아닌데
나도 모르게 습관처럼 하루하루를 지우고 있었다.

한 달의 끝자락, X로 꽉 찬 내 달력은
다시 다가갈 수 없도록 접근 금지된
빨간 철조망이 되어 버렸다.

소중한 나의 시간이었을 텐데
어차피 돌아가고 싶어도 못 돌아갈 시간을
내 손으로 지우며, 가로막고 있었다.

누가 나의 달력을 봤다면, 자유로운 이 도시에
나 홀로 탈출을 꿈꾸는 파피용으로 봤을지도 모르지만
파피용과 달리 철조망을 치고 날 가둬둔 건,
바로 나 자신이었다.

이제는 하루하루를 동그라미로 채워 나가며
긍정의 달력을 완성하려 한다.
파피용과 달리 난 탈출할 곳도 없으니,
하루하루 잘 채워 나가는 것만이 내가 살길이다.

지워 가지 말고 채워 가기

네이버 지식인에
꿈꾸고 있는 직업을 검색하면
포기해야 하는 이유들만 줄지어 나온다.

의욕 떨어지는 날엔
지식인에 나의 꿈을 입력해 보자.

당신의 지금과 같은 시기에
포기한 사람들이,
그 꿈을 이뤄 낼 당신의 모습이
얼마나 멋있을지에 대해
떠들어 대고 있으니까.

베···스···트···셀···러

'자아실현'이란 말을 좋아해.
거꾸로 말해도 긍정이니까.

현 실, 아 자!

아자!

가만히 서니
바람 없이도 구름이 걷는다.

가만히 앉으니
어제 없던 새싹이 자란다.

가만히 누우니
꺼진 전등에도 빛이 난다.

이제야 스치는 눈길에
눈 맞추지 않는다.

그 눈길에서
내가 걷고, 자라고, 빛난 적 없었다.

잠시 멈춰서

무기력한 자신을 바라보며
자책하지도,
가여워하지도 말았으면 해.

수많은 관계가 너무 답답해서
잠깐 사라지고 싶은 것뿐이고

쉼 없이 끌어온 삶이 너무 버거워서
잠시 살아지고 싶은 것뿐이니까.

잠시 살아지기

기세등등하게 태어났지만, 기타 등등으로 사라져 가는
기타 등등으로 태어났지만, 기세등등하게 살아가 보는

특별함을 내려놓고 평범함을 받아들이면
삶은 더 자유로워진다.

'빛난다, 예쁘다, 소중하다'처럼 달콤한 말들은
단기적으로 효과가 있을지 몰라도
장기적으로는 내 삶을 해롭게 하는 사탕과 같다.
이 사탕에 익숙해질수록 우리의 삶은 더 초라하고 씁쓸해진다.

우리는 인생에서 몇 장면을 빼고는
대부분 빛나지 않는 곳에 머물러 있다.
햇살 좋은 테라스보다 남들과 똑같은 인공조명 아래에서
크게 다를 것 없는 삶을 살아간다.
눈부신 설원에서 '오겡끼데스까'하면서 눈싸움하는 날보다
모니터 전자파나 정리되지 않은 문서 파일들과
눈싸움하는 날이 더 많다.

우리의 반복되는 일상과 다소 거리가 먼
'특별한 존재, 빛난다'와 같은 달콤한 말들을
가슴에 품고 살수록,
단어에 비해 상대적으로 미약한 나의 존재감과
초라한 모습들이 더 도드라지곤 한다.

이제, 인공조명과 전자파의 그늘에 가려진
평범한 나를 어떻게 받아들이고, 바라볼지 생각하려 한다.

나는 평범하며, 대단히 특별한 존재가 아니다.
그래서 대단한 일을 해야 할 이유도,
남들보다 눈부셔야 할 필요도 없다.

특별한 존재라는 자의식과 실체 없는 부담감을 멀리하니
그제야 보이기 시작하는 보물이 있더라.

'나의 평범함이 얼마나 다행인지.'
'평범함으로는 다 표현하기 어려운 나의 모습은 어떤 것이 있는지.'
'이 평범함 속에서 나는 얼마나 자유로울 수 있는지.'

나를 특별하게 정의하면
감출 수 없는 평범함에 실망할 일투성이지만,
평범하게 바라보는 순간
진짜 특별한 내 모습이 삐죽 튀어나온다.

기타 등등인 33살의 내가, 흔한 에세이지만 평범함이 전부는 아닌
이 책을 기세등등하게 낸 것처럼 말이다.

기타 등등에서 기세등등

우린 너무 같은 자리에서
같은 방식으로 슬퍼하곤 한다.
슬픔이 서린 공간에서는
지난날의 슬픔이 더해질 뿐이다.

이왕 슬플 거
치킨 닭 다리 뜯으면서 슬프고
카페 가서 즐겁게 수다 떠는
사람들 틈에서 슬프고
처음 가 보는 곳에서 자연의 위대함에
감탄하며 슬프자.

슬픔이 '자리 잘못 잡았나?'
눈치 보다가, 빨리 꺼질 수 있게.

슬픔이 어색하게

굴곡진 인생이라 볼만한 경치가 있고
꼬이는 인생이라 단단한 매듭이 있지.

하루 매듭짓기

수염이 많은 편이다.
울버린처럼 볼에도 수염이 자라고, 그 속도도 빨라서
하루만 면도를 안 해도
수염이 꺼끌꺼끌하게 올라온다.

과거엔 매일 면도를 했지만
건성인 피부에 면도칼이 닿으니
가을, 겨울만 되면 얼굴 전체에 하얀 각질이 일어났다.
피부가 건조하지 않았더라면 부지런히 면도했겠지만
내게 면도는 얼굴의 70%를 대패질하는 것과 같다.

글을 쓰면서부터는 굳이 면도할 필요가 없어서
피부를 위해 볼만 면도하기 시작했다.
볼까지 수염이 자라면 늑대 인간처럼 보이기에
나름 관리한 것이다.
나머지 구레나룻과 턱까지 이어지는 라인은
그냥 그렇게 자라날 뿐,
딱히 멋을 부리거나 한 것은 아니다.

그저 그 자리에 자라났고,
난 그 부위를 면도하지 않았을 뿐이다.
이런 영문도 모른 채 결혼식이나 모임에서 만난 지인들은
"수염 왜 길렀어?"
"요새 멋 부리냐?"
"제발 면도 좀 하면 안 돼?"

"왜 이렇게 아저씨가 됐어."
내 수염보다 더 따가운 말들을 던진다.

수염이 자라는 게 자연스러운 일이고,
오히려 면도하는 것이 부자연스러운 행위임에도,
나는 면도를 하지 않은 것에 대한
과도한 질책과 조롱을 받는다.

따가운 말들의 근본을 따라가다 보면
결국 "왜 그렇게 생겼냐?"로 밖에 결론이 나지 않는다.

나라를 팔아먹은 새끼들이
"성실히 조사에 임하겠습니다" 하는 것처럼
나도 "성실히 면도에 임하겠습니다"라고
꼬박꼬박 대답해야 하는 걸까.

내 수염이 그들에게 무슨 잘못을 저지른 걸까.
그들은 나쁜 사람들이 아니다.
좋은 사람들이지만 좋은 행동을 하지 않았을 뿐이다.

나는 여성 지인이 어울리지 않는 파마를 해도
"무슨 심경의 변화가 있어?"라고 묻지 않는다.
하얀색 블라우스에 검은색 큰 벨트를 차고 있어도
"챔피언이세요?"라고 묻지 않는다.

파마든, 챔피언 벨트든
이런저런 이유를 다 빼고 나면
결국 그녀들이 그러하고 싶었기 때문이다.

남자 지인의 이마가 이전보다 훨씬 넓어졌어도
"왜 그렇게 머리가 빠졌어?"라고 묻지 않는다.
배가 볼록 튀어나와서 셔츠 단추가 터지려고 해도
"셔츠 너무 작은 거 아니야?"라고 묻지 않는다.

탈모든, 터질 것 같은 셔츠든
이런저런 이유를 다 빼고 나면
결국 그들은 그러하고 싶지 않았기 때문이다.

자기 관리는 내 몫인데,
단어 그대로 모든 이의 자기 관리가
자기 몫인 줄 아는 사람들이 너무 많다.
그러하고 싶었든, 그러하고 싶지 않았든,
그건 오롯이 그 사람의 몫이다.

내 모습을 네가 걱정하다니
내 모습은 내가 결정합니다.

왜 그렇게 생겼어?

"취업은? 결혼은? 출산은?"
명절에 친척 어른들이 귀찮게 하면
이렇게 답하자.

"대통령도 못 푸는 문제를
제가 어떻게 풀어요."

그럼 갑자기 친척 어른들끼리
언성이 높아지면서
여야로 갈려 싸우기 시작한다.

그 뒤로 나의 추레한 개인사 따위는
그들의 시야에서 완전히 사라진다.

명절 패스트 트랙

엎질러진 물을
주워 담을 수는 없겠지만

언젠가 다시
비가 되어 내리겠지 뭐.

Be positive

남의 집에 초대되었을 때
먼지 한 톨 없이 깨끗한 집보다
적당히 너저분한 집이
내 마음을 편하게 한다.

깨끗한 집에 들어갈 땐
내가 먼지 한 톨이 되지만
적당히 너저분한 집에서는
난 하나의 배경으로 어우러진다.

이에 당신의 마음이 어수선하고
잘 정리가 되지 않더라도
한결같이 올곧고 정갈한 사람들과
당신을 비교하며
상처받지 말았으면 한다.

나와 같은 보통의 사람들은
완벽한 그들보다
당신처럼 적당히 어수선하고
정돈되지 않은 모습에서
자기를 더 편히 드러낼 테니까.

"미안, 우리 집이 좀 더러워서."
"괜찮아, 우리 집은 더 더러워."

서로가 편하게 주고받는 고백에서
언제나 '우리 집'이라 말하듯.

당신의 부족함과 미숙함은
우리를 참 편하게 해 준다.

편한 사람

내 마음이 아프면
엄마가 고생한다.

괜찮은 척 속여 봐도
엄마는 고새 안다.

맘고생

처음 배운 말이 '엄마'라서
엄마를 다 아는 것처럼 살았다.

엄마가 좋아하는 음식은 알아도
지금 먹고 싶은 음식은 모르고

드라마 좋아하는 건 알아도
요즘 어떤 드라마에
울고 웃는지 모르면서

날 낳기 전 엄마의 모습도
모르는 주제에
오늘의 엄마까지 모른다.

내가 엄마에 대해 잘 모르는 만큼
엄마는 볼 때마다
빠르게 띄엄띄엄 늙는다.

엄마는 요즘 무슨 생각해?

'엄마 아빠'는 입에 잘 달라붙는데
'아빠 엄마'는 좀처럼
입에 잘 달라붙지 않는다.

은연중에 애정도의 가중이
담겨 있지 않을까 생각이 들어
아빠 앞에서는 꼭
'아빠 엄마'라고 한다.

이런 내 깊은 속을
엄마 아빠는 모르겠지.

은연중

세상 모든 어머니들의 강인함을
증명하는 건 너무 쉽다.

F = ma
F x F = ma x ma
F^2 = mama

다만, 우리 엄마를 대입하니까
'엄마는 곱절로 힘들다'로
해석된다는 게 아쉽네.

mama

엄마는 독실한 천주교 신자인데
전화를 걸면, 날 세례명 '시몬'으로 부르는 걸 시작으로
전화가 끝날 때까지 하느님 얘기만 한다.

"시몬아. 성경 읽어. 진리의 말씀 다 있구, 재밌구,
계속 읽다 보면 시간이 어떻게 가는지 몰라."

언젠가 일이 잘 풀리지 않고
미래에 대한 불안감에 미칠 것만 같은 날,
속는 셈 치고 엄마가 선물해 준 성경을 펼쳤다.

책상에 엎드려 4시간을 자 본 건,
태어나 그날이 처음이었다.

내 침에 젖어 쭈글쭈글한 마태복음 13장 6절 말씀 위로
"계속 읽다 보면, 시간이 어떻게 가는지 몰라"라는 엄마의
말씀과 매일 아침 스탠드 불이 켜진 앉은뱅이책상 밑,
방바닥에 누워 편히 잠들어 있던 엄마의 모습이 스쳐 갔다.

'엄마가 이 맛에 성경을 읽는구나.'
아무튼 걱정을 없애 준다던 엄마의 증언은 거짓이 아니었다.

걱정을 없애 주는 성경

오랜만에 만난 삼촌이
타지에서 혼자 생활하는 조카를
걱정하며 물었다.

"집밥 안 그립니?"

"엄마 손맛이 그리울 땐
라면 국물 졸여서 먹고,
집밥이 그리울 땐
그냥 치킨에 햇반 먹어요."

다행이다.
엄마 아빠가 라면과 치킨을 좋아해서.
잡채나 갈비찜 같은 거 많이 해 줬으면
괜히 집밥만 더 그립고,
해 먹을 수도 없고,
여러모로 힘들었을 텐데….

집밥이 그리울 때마다
쉽게 해소할 수 있도록 해 준
부모님의 간편한 사랑에 참 ㄱㅅㄱㅅ

간편한 감사

가끔 부모님이 돌아가시는 상상을 하곤 한다.
외동이라서 그런지 '부모님이 사라지면, 그 빈자리는 오롯이
나만의 몫이겠지'라는 생각을 아주 어렸을 때부터 해 왔다.

만약 슬픈 그 날이 온다면,
감사하게도 함께 울어 줄 사람들이야 있겠지만
서운하게도 딱 나만큼 슬퍼하고 똑같은 농도의
눈물을 흘려 줄 사람은 없을 것이다.

그래서 나는 예방 주사를 맞듯
부모님이 돌아가시는 상상을 비주기적으로 틈틈이 한다.
이렇게라도 하면 막상 그 순간이 불현듯 찾아왔을 때
충분히 예상했던 슬픔이라며,
덜 슬퍼할 수 있을지도 모르니까.

"부모는 기다려 주지 않는다"는 말이
남 얘기처럼 들리지 않는 요즘,
상상하는 횟수가 부쩍 잦아졌다.

아마 효과가 없을 예방 접종

부모가 자식 속 썩이는 집도 많다.

누군가 어렵게 꺼낸 속앓이에
'불효자 딱지' 함부로 붙이지 말자.

불효 딱지는 셀프

친구에게 상처받으면
다른 친구를 사귀면 되고

연인에게 상처받아도
다른 사랑을 찾으면 되지만

부모에게 상처받으면
다음 생에 다시 태어나야 한다.

약 없는 상처는
가장 가까운 곳에서 패인다.

약 없는 상처

어릴 땐 마냥 좋았으나
시간이 지날수록
첫째의 부담감,
둘째의 서러움,
막내의 철 안 듦이
한꺼번에 밀려온다.

1인 3역 외동

아버지의 삶은 아버지의 것이고
어머니의 삶은 어머니의 것인데
그들의 삶은 지나치게 나를
교집합으로 두고 있다.

'너를 위해 산다',
'너 때문에 참는다'가 많아질수록
순수한 아버지와 순수한 어머니의 영역은
나날이 줄어든다.
그만큼 그들의 교집합인 나의 영역은
점점 더 넓어져 가고
그런 내 안에서, 서로 다른 아버지와
어머니는 점점 더 부딪쳐 간다.

서로 잘 맞지 않는 부부도 그토록
부딪침이 있을진대
그 둘을 품고 태어난 자식의 마음은
종일도 모자라, 매 순간 부딪친다.

내가 도무지 어떤 사람인지 모르겠는 이유는
매우 다른 아빠와 엄마가
아주 적절히 섞여 있기 때문이다.

---

2 in 1

엄마에게 있는 그대로 다 말하기엔
너무 쓴맛이라
농담에 진심을 타서 건네곤 한다.

나:
"이번 생엔 자식 농사 흉년이라 어떡해?"

엄마:
"어따 팔려고 키운 거 아니라 괜찮아."

진심을 너무 찐하게 탔는지
슬픔의 농담만 짙어진다.

"어쨌든, 흉년이었다는 거네?"

농담으로 마무리 짓지만
내 슬픔의 농담은
한동안 옅어지지 않는다.

농담

독립하며 느낀 것이 있다.

· 빨래는 아무것도 아니다. 빨래 널기가 메인이벤트다.
· 화장실은 뒤돌아서면 곰팡이가 핀다.
· 식사 후 설거지 바로 하는 사람은 뭘 해도 될 사람이다.
· 빨래 건조대는 옷걸이 겸용이다.
· 샤워하려는데 깜빡하고 보일러 안 켰을 때,
  켜 줄 사람이 없다.
· 같은 감기 몸살이라도 혼자일 때 훨씬 더 아프다.
· 한동안 집에 안 갈 때, 한 달은 더뎌도 석 달은 금방 지나간다.

가장 크게 느낀 3가지는

· 말도 없이 집에 갔을 때, 냉장고에 맛있는 거 많이 있으면
  좀 서운함.
· 현관문 열자마자 빈 치킨 상자 있으면 가장 최근의 행복이라
  더 서운함.
· 그들은 바로 위에 적은 행복한 순간마다 내 생각이 났다는 거.
  (ref. 부모님)

독립하면 알게 되는 것들

무지개를 보면 소원을 빌고
별똥별을 봐도 소원을 빌고

우리는 흔히 볼 수 없는 광경을 만날 때
소원을 빌곤 한다.

독립한 지 3년 차,
오랜만에 집에 간 날에는
왠지 모르게 부모님을 보고
소원을 빌어야 할 것만 같다.

반면 부모님은 그런 나를 보고
이미 소원을 이룬 표정을 짓는다.

부모와 자식의 차이

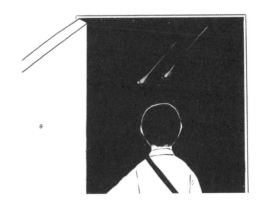

컵라면 물을 먼저 받으려고
친구들과 치열하게
줄을 서던 때가 있었다.

제일 늦게 물을 받는 날에는
미지근한 물 때문에
설익은 면발을 깨물어 먹어야만 했다.

시간이 흘러 이젠 나 혼자 여유롭게
뜨거운 물을 받았는데도
설익은 컵라면 뚜껑을 열고
젓가락질을 한다.

설익음은 참아도
외로움은 못 참나 보다.

MSG가 준 메시지

23살, 서울 신림동 살 때의 일이다.
아침 이슬 맞으며, 토익 학원에 가려고
버스를 기다리는데,
만취한 20대 남성 2명이
정류장에 드러누워 있었다.

한창 토익 공부를 열심히 하던 때라
아침부터 널브러진 그들이
더욱 한심하게 느껴졌다.

'어휴, 한심해.
부모님께 죄송하지도 않나.'
으스대듯 어깨를 튕기며 흘러내린
가방끈을 올렸다.

그렇게 버스를 기다리는데
만취했던 2명 중 1명이 춥다는 듯
한껏 웅크리더니, 몸을 옆으로 뉘었다.
그의 등에는 영어가 적혀 있었다.
짧은 영어 실력이지만 쉽게 해석됐다.

'너의 열심히와 나의 열심히는 다르다.'

SEOUL NAT'L UNIV

꿈속에선 몸이 마음처럼
움직이질 않는다.

절체절명의 위기에서 도망치려 해도
무릎이 잘 굽혀지지 않고
발도 천근만근 무거워진다.

누군가를 쥐어패야 하는 상황에서도
주먹을 뻗어 보지만
힘이 들어가질 않는다.

꿈에서라도 좀 잘나가 보고 싶었는데
내 꿈은 쓸데없이 현실 고증이
너무 잘된 것 같다.

꿈은 판타지였으면

공중화장실에서 똥을 쌀 때
옆 사람은 방귀 시원하게 잘만 뀌던데

난 뭐가 그리 부끄러운지,
얼굴도 보이지 않고
본다 한들, 내가 누군지도
모를 사람을 위해서

왜 항문 사이즈를 조절하며
답답한 휘파람을 불고 있을까.

가끔 난 남의 눈치를 보는 게 아니라
남의 눈치를 만들어서 사는 것 같다.

눈치이이잉

TV를 켜 놓은 채,
컴퓨터 듀얼 모니터 한쪽엔
예능을 틀어 놓고
다른 한쪽으로는 게임을 한다.
모니터 아래로는 휴대폰을 뉘어 놓고
유튜브를 켜 놓는다.

이렇게 4개의 여가를 동시에 즐김으로써
1시간을 놀아도 4시간 논 것과 같은
효과를 누린다.

주말에 집 밖으로 나가지 않고,
이렇게 6시간 이상을 놀아야만
말 그대로 '하루 종일 24시간
놀았다'가 성립된다.

월요일 아침이 피곤할지언정
한정적 주말 자원을 쥐어짜 내고
완전히 연소시켜야만
무려 5일의 평일을 생존할 수 있는
에너지가 생긴다.

주말 발전소

삼겹살 1인분을 시키면
삼겹살 1분어치가 나오는 느낌이라서

친구와 삼겹살을 먹게 되면
구워 주는 곳 대신 무한 리필 집을 향하는 편이다.
명이나물은 없지만, 직원분이 고기를 구워 주는 동안
말수를 줄일 필요가 없고, 가격도, 양도
모두 만족스러운 합리적인 선택지이기 때문이다.

식사를 마치고 꽉꽉 채운 배를 부여잡고
집으로 가는 버스에서
마지막 한 판은 먹지 말았어야 했다는
익숙한 후회를 하던 와중에,
치아 사이에 꼈던 파채가 빠져나오면서
입안 가득 쌉쌀한 향이 맴돌았다.
그래서인지 이내 쌉쌀한 생각이 들었다.

언제부턴가 적당히 먹고,
적당히 즐기는 방법을 잊어버린 것 같다.

뭘 먹게 되면 항상 배가 터질 때까지 먹어야 하고
후식으로 아이스크림까지 털어 넣어야만 직성이 풀린다.
그 이유에 대해 생각해 보았다.

친구를 만나면,
언제 다시 만날 수 있을지 기약이 없기에
오늘만 날이 아닌데도, 오늘만 날인 것 같고,
다음에도 만나겠지만, 꽤 오랫동안 못 만날 것 같은
불안감에 휩싸인다.

돈에 대한 결핍, 미래에 대한 불안,
일상의 증발, 저녁 없는 삶의 습관화,
내 하루하루의 상처들이 수북이 쌓여서
어쩌다 한번 오는 이 만남과 한 끼에
적당함과 중간이란 선택지가 사라졌다.

오늘은 오늘이 마지막이니까
최선을 다해 즐기는 사람이 되고 싶었건만,
내일은 불행할 거라며
악착같이 오늘을 쑤셔 넣는 사람이 되어 버렸다.
그래서 배부른 게 아니라, 더부룩한 오늘이 됐다.

다음에 친구를 만나면 꼭 명이나물 있는 데로 가야겠다.

친구야, 주말에 뭐 하남

아는 형이 직장생활하면서
주말에 치킨 튀긴다고 했을 때
너무 멋지다며 진심으로 응원한다고
박수까지 쳤었는데

나는 개인 사업을 하며
평일 오전 PC방 알바를 2년 넘도록
한 게 가끔은 창피했다.

지금 바로 위 문장에서 굳이
'개인 사업'이란 말을 적은 것도
지난날의 PC방 알바를 본업으로
생각할까 봐, 구차하게 적은 거다.

이런 나를 되돌아보니
형에게 건넸던 내 박수와 응원은
진심이 아니었을지도 모른다는
생각이 든다.

나란 놈은 남의 삶을 긍정적으로
바라보는 게 아니라
가볍게 여기는 걸지도 모르겠다.

나 다르고, 남 다르다

가난한 자는 부자의 짐을
가볍게 여기고,
부자는 가난한 자의 삶에
관심이 없다.

난 가난한 자보다 가난하지 못하며,
부자보다 부유하지도 못해

누군가에게는 가난한 부자로
부유한 가난을 누리는,
또 다른 누군가에게는 아무것도 아닌
사람으로 살아간다.

무관심하면서 동시에 남의 짐을
가볍게 여기는 삶이니
늘 중간만 가자던 바람은 이뤘고

멋지진 못해도 바르게 살자던
내 꿈은 잃었다.

평범한 사람

어린 시절 일기장엔
'참 좋았다'가 많았는데

지금 쓴다면
'그저 그런 하루였다'로 가득하겠지.

사실 그때도
그저 그런 하루였을 텐데 말이야.

별일이 없어서 다행이면서도
지루한 오늘을,
어린 시절의 내가 살아 봤다면
참 재밌다고 했을지도 모르겠다.

참 그저 그랬다

초등학교 때, 선생님 심부름을 다녀온 아이들은
칭찬받기 위해 일부러 거친 숨을 내쉬며,
더위에 지친 개처럼 '헥헥'거리곤 했다.

'나 고생했으니 알아 달라'는 아이들의 어린 마음이었겠지만
나는 왠지 그 모양새를 좋아하지 않았다.
이런저런 이유가 있었겠지만, 그게 나의 천성이었다.

그런 나의 마음을 알아주고
시원하게 긁어 주는 이가 있었으니
바로 초등학교 4학년 때 담임 선생님이었다.
아이들이 심부름 다녀온 뒤, 거친 숨을 몰아쉴 때면
"연기하지 마! 헥헥대지 마!"라고 소리를 지르셨다.

무섭기도 했지만, 나는 내 마음속 간지러운 부분을
시원하게 긁어 주는 공감의 힘과 좀처럼 혼날 일 없는
모범생이 털리는 드라마틱한 장면을 통해
반전의 재미를 알게 되었다.

내 글과 딥박의 시작은 아마 거기서부터였던 것 같다.

딥박 비긴즈

"이게 23이라고?
다시, 이게 뭐로 보여? 그럼 이거는? 어이가 없네."

그렇게 초등학교 5학년 때, 적록 색약 판정을 받았다.
적록 색약은 열성 반성 유전으로 성염색체 x에 의해
유전된다.
즉, 나는 태어날 때부터 적록 색약이었다는 얘기인데
그 사실을 12살이 되어서야 알게 됐다.

아마 이전의 선생님들은 색약으로 아이들에게 놀림받을까
걱정되어 별다른 반응 없이 넘어가셨던 것 같다.
그런데 유독 5학년 담임은 색각 검사표를 만화책 보듯
빠르게 넘기며 어이가 없다는 표정으로 묻고 또 물었다.

"박민호, 적! 록! 색! 약!"
교실에 내가 색약임을 알리는 오피셜 뉴스가 울려 퍼졌고
담임의 우렁찬 목소리는 이내 조리돌림의 신호탄이 되었다.

"야, 저게 안 보인대!"
"박민호는 저게 5로 보인대~."
"눈깔 병신이네."

천성이 나쁜 2~3명의 아이들이 선창하자
평범한 다른 아이들도 화음을 넣었다.

내가 잘못된 사람처럼 느껴졌고, 실제로 아이들은 나를 대단히
비정상이며, 모자란 사람으로 취급했다.
날 놀린 아이들을 당장에 때려 주고 싶었지만
성격까지 병신이라 놀려 댈까 봐 그러지 못했다.
눈시울이 빨개진 채 화장실로 달려가 눈을 씻고 또 씻었다.
남들과 다른 눈을 씻어 내고 싶었고,
또 그렇게라도 눈물을 감추고 싶었다.

울어서 빨개진 눈은 비벼서 더 빨개졌고
자괴감에 터져 버린 혈액들은 얼굴 전체로 빠르게 퍼져 나갔다.
얼굴에 켜진 빨간불 때문인지, 교실로 돌아왔을 때
아이들은 조롱을 멈췄다.

털썩 자리에 앉아 고개만 푹 숙이고 있었다.
"아들~ 괜찮아"라고 마음속에 엄마를 그려 놓고
대사를 읊게 했지만 교실에 엄마가 있을 리 만무했고,
흥분한 마음은 좀처럼 가라앉지 않았다.
그때 내게 희망을 준 건 짝사랑하던 애도
내게 연필을 빌려 갔던 짝꿍도, 리더십 있던 반장도 아녔다.
말 한마디 안 섞어 본, 별로 안 친한 남자애였다.

"김개똥, 색! 맹! 다음 사람~."
눈과 달리 내 귀는 아주 정상이었기에 매우 또렷이 들렸다.
그렇다. 그 친구는 색맹이었다. 갑자기 마음이 편해졌다.

난 색약인데, 쟤는 색맹이라는 상대적 위안이 아닌
나와 같은 처지, 나와 같은 편이라는 절대적 유대감이
날 크게 감싸 안아 줬다.
그 이후 차츰 신체검사 이전의 나로 돌아갈 수 있었다.

지금 생각해 보면, 그런 순간이 있어 다행이다.
'나만 그런 게 아니구나'라는 공감이 그 누구의 위로보다
큰 위로가 된다는 걸 깨달았기 때문이다.
고기도 먹어 본 놈이 먹는다고,
공감도 받아 본 놈이 줄 수 있다고 생각한다.
비록 내 눈은 색약이지만 마음만큼은 그때 나를 놀리던
담임과 아이들보다 더 다양한 색을 구별할 수 있다.
게다가 이 종이 위의 활자는 모두에게 똑같은 검정이니,
난 망설일 이유가 없다.

백색 종이 위에 검은 글씨를 쓰고 있는 현재,
내 글들이 당신에게 위로가 되었으면 한다.
신체검사 날, 울고 있던 내게 힘이 되어 준
색맹 친구처럼 말이다.

공감

브랜딩 카피라이터 시절,
대표님이 다급한 목소리로 날 호출했다.

"지금 당장 김치찌개 집 포스터 카피 좀 써 봐.
바로 인쇄 넘겨야 하니까, 10분 줄게."

"내용은요? 뭔 포스터인데요?"

"아, 그냥 김치찌개 맛있다고, 그런 거 쓰면 되잖아.
빨리빨리."

갑작스럽고, 시간도 없고, 난해한 문제라서,
여러모로 당황스러웠다.

브리핑 없이 막무가내로 던져 준 일이라 더 하기 싫었다.
하지만 난 대표가 원하는 걸 써 줘야만 하는
카피라이터이자 직원 나부랭이였다.
대표가 일을 던졌듯이, 나도 5분 만에 카피를 던졌다.

김치찌
개 맛있다.

다행히 대표는 피식했고,
식당 손님들의 반응도 쏠쏠했다고 한다.

이처럼 짜증 나고, 답답하고, 걱정만 앞설 때
이런저런 고민보다
'Enter 한 번'의 실행이 좋은 돌파구가 될 수도 있다.

한번 눌러나 보자.

잘될지, 안 될지, 아무것도 알 수 없지만
Enter는 늘 우리를 다음 스텝으로 데려다주니까.

Enter의 미학

지은이는 좋겠다.
이름부터 작가라서.

태어나면서부터 갖게 되는 아이덴티티가 있다.
성별, 생김새, 생일, 이름 등이 그렇다.
그중 성별, 생김새, 생일은 선천적으로 갖고 태어나지만
이름은 태어남과 동시에 누군가에게 부여받는 첫 후천적
아이덴티티다.

내 본명은 '박민호'다. 참 흔하디 흔한 이름이다.
'순박할 박', '민첩할 민', '넓을 호'를 쓴다.
돌아가신 할아버지가 지어 주신 이름인데
민첩하게 널리 널리 살아가라는 의미가
담겨 있을 것으로 추측된다.
이름의 의미를 봤을 때,
여기저기 돌아다니기를 좋아하고 활력이 넘쳐야 할 텐데,
나는 좀처럼 외부에 나가는 것을 즐기지 않고
먼 곳을 가는 데 그다지 흥미가 없다.
게다가 화도 많은 편이니
'순박할 박'인 내 성씨의 의미조차 따르지 못하고 있다.

이름에 대한 애착을 가지려 해도
매우 흔하기도 하고, 나와는 어울리지 않아서
마음이 가질 않는 데다가
왠지 이름값을 못하는 기분도 썩 내키지 않는다.

그래서인지 다른 사람들은 자신의 이름값을 하는지
살펴보는 습관이 있는데,
이름과 실제 그 사람의 캐릭터를 비교해 보고 얼마나
잘 어울리는지 살펴본다.

내 주변 사람 중 이름과 가장 잘 어울리는 사람을 꼽자면
바로 친척 누나다. 친척 누나의 이름은 '백필선'이다.
한번 들으면 잊을 수 없는 이름이다.
한자는 '도울 필', '고울 선'을 써서
'다른 이를 돕는 고운 사람'이라는 의미다.
그런 누나의 직업은 의사다.
이름이 직업과 참 잘 어울리기도 하지만,
내가 본 몇몇 장면들은 직업보단 오직 인간 '백필선'만의
이름값이 담긴, 말 그대로 '명장면'들이었다.

한번은 식당에서 같이 식사를 하게 되었는데
밥을 먹던 누나가 어디론가 부리나케 달려갔다.
시선으로 따라가 보니, 약 10m 떨어진 곳에서
몸이 불편한 사람의 문을 잡아 주고 있었다.

큰외숙모에게 전해 들은 바로는 친척 누나가
환자와 보호자들의 하소연을 들어 주다가
함께 눈물을 흘리곤 한다.
그래서 가끔은 환자에게 안정을 주어야 할 의사가
감정적이라며, 선배들에게 꾸중을 듣는다고 했다.

주관적인 생각이지만, 그 이야기를 들으니
내가 몇 번 경험했던 냉정하고 무성의한 의사들보다
훨씬 좋은 의사라는 생각이 들었다.
잠시나마 마음까지 보듬어 주는 의사이기에 말이다.
무엇보다 '필선', 자신의 이름값에 걸맞은 모습이라
더욱 멋있게 보였다.

다시 '딥박'이라는 필명에 대해 얘기해 본다.
글을 쓰기에 앞서 민호라는 본명은 너무 흔하고,
기존에 나를 알고 있던 사람들의 시선도 신경 쓰이니,
필명을 통해 또 다른 자아를 만들어 내고 싶었다.

원래의 나라면 꺼내지 못할 이야기들을
또 다른 나를 통해 거침없이 써 보고 싶었다.

필명에 대한 고민을 시작하면서
나의 정체성, 방향성, 내가 살아온 삶 등을 다시 한번
돌아보게 되었다.

몇 가지 아이디어가 떠올랐다.
사람에게 딱 알맞은 글을 쓰자는 의미의 '36.5'
마르고 닳도록 쓰고 또 쓴다는 의미의 '몽당연필'
사람들의 마음을 요동치게 하자는 의미의 '도미노'
'내가 아니야'라는 의미의 '미 노Me No'도 있었다.
지금 보니 본명보다 못한 필명들이다.

의미는 다 좋았지만
'나'라는 사람을 담기엔 뭔가 빠진 느낌이었다.
꽂히는 이름이 없어 답답해하던 와중에 "아 딥빡!"이라는
말을 뱉게 되었는데, 순간 내 성이 박 씨인 것과
실제 화가 많은 성격이라는 점이 딱 들어맞는 것 같았다.

또한 '깊은 생각으로 글을 쓰자'는 '딥'의 의미가
내가 쓰고자 하는 글들의 좋은 초심이 될 것 같아서,
바로 필명을 '딥박'으로 정했다.

필명을 짓자마자, 화가 났던 순간들을 담은 앵그리 에세이
『시발점』Angry Point을 첫 책으로 써야겠다는 생각을 했다.
딥박이 『시발점』을 쓰는 것은 매우 자연스럽고,
어울리는 일이었다. 그렇게 독립출판으로 출간한 『시발점』은
지금 이 책을 낼 수 있게 된 시발점이 되었다.

필명에 대한 애착이 생기니, 계속 이름값을 해야겠다는
생각이 들어서, 하루에 2~3개씩의 글을 쓰고 공유했는데
감사하게도 위로받고, 재밌어 하는 분들이 있어
3년째 글을 써 내려가고 있다.

인스타그램을 통해 내 글을 꾸준히 봐 주는 지인들이
날 만나면 꼭 하는 말이 있다.
"민호야, 글 잘 보고 있다. 네 글을 보면 원래의 너랑
똑같아서 음성 지원이 돼. 그게 너무 웃겨."

그럴 때마다 나는 딥박으로 글을 썼는데,
결국 박민호를 통해
딥박으로 살아가고 있음을 깨닫는다.

독자에게 '제 마음 다 알고 쓰는 것 같아요' 라는
메시지를 받을 때면 내 글들이 여러 사람의 마음속
이곳저곳 돌아다니고 있다는 사실에 새삼 놀라곤 한다.

이런 과정을 통해 '나'에 대한 애착이 생겨나니
원래 내 이름에 대한 해석도 달라지기 시작했다.

민첩할 민 : 내 몸은 민첩하지 않지만,
사람의 마음속을 향하는 내 글은 빠르고 민첩하다.

넓을 호 : 바깥세상에는 관심이 없지만
사람의 마음에는 관심이 아주 많으니
가장 깊고도 넓은 곳을 바라보며 산다.

그렇게 난 이름부터 타고난 글쟁이가 됐다.

주어진 이름은 글자로 그친다.
진정한 내 이름의 가치는 스스로 해석한 다음에
주어지는 것 같다.
내 이름과 나는 참 어울리지 않는다고 생각했는데,
어느새 이름처럼 살아가고 있다.

민호로 살아온 지 32년이 되어서야,
나와 어울리는 내 이름의 의미를 겨우 찾았다.
그런데 아직 '순박할 박'에 대해서는 여전히 풀지 못했다.
아마 30년은 더 걸릴 듯하다.

이 글을 읽고 있는 당신의 이름에는
어떤 좋은 의미가 담겨 있을지,
앞으로 당신은 자신의 이름을 어떻게 해석해 나갈지
궁금하다.

아마 당신의 이름과 삶을 더 자세히 들여다보면
지금도 충분히 이름값을 하고 있지 않을까
조심스레 짐작해 본다.

너의 이름은

인기 작가들의 글을 염탐하기 위해
그들의 인스타그램에 접속했다.
'웬 연예인이 글을 쓰고 있냐.'
나도 모르게 그들의 미모에 반해
'좋아요'를 눌렀다가 바로 취소했다.

'괜찮아. 대신 난 글이 좀 생겼잖아.'

마음을 가라앉히고, 다시 그들의
글을 천천히 읽어 보았다.
생긴 것처럼 글도 꽃미남이었다.

'괜찮아, 내 글은 개성 있어. 썅.'

욕이 나왔다.
가상의 공간에도, 글에도,
일명 '와꾸'는 충분히 반영되어 있었다.
어느 바닥이든 잘생기고 예쁜 애들이
다 해 먹는다.

왠지 모르게 울적해져서
그의 인스타그램에 들어갔다.
'유병ㅈ'

#위로

글을 쓸 때면 담배가 는다.

글을 쓰다가 생각이 막힐 때
담배 한 모금을 피우면,
모든 세포가 각성하면서
나도 알 수 없는 무의식의 세계에서
실마리를 찾곤 한다.

실마리를 찾은 난, 남은 담배를 마저 피우며
'난 지금 내 목숨을 깎아서 새로운 글을
탄생시키는 거야'라고 멋 부린다.
그러곤 괜히 미간 찌푸리면서
담배 연기 한 번 길게 내뿜어 본다.
담배보다 이 지랄을 먼저 끊어야 할 텐데,
자아도취는 니코틴보다 중독성이 더 센 것 같다.

이 책의 원고 마감을 앞둔 어느 날,
담뱃불을 끄고 꽁초를 버리는데, 문득
'목숨을 깎아서 쓴 책이 이 정도라면,
목숨이 좀 아깝지 않나?'라는 생각이 들었다.

역시 담배는 무의식의 세계에서
실마리를 찾아 준다.

담배 1개비, 목숨 1까비

인생을 날로 먹고 싶진 않다.
노력 없는 보상은 그 가치도 떨어지지만
삶의 의욕으로 이어져 무기력한 삶을
살아가게 하기 때문이다.
치트키나 일명 '얍삽이'를 쓰고 나면
게임이 재미없어졌던 경험들이 준 교훈이다.

고로 나는 박빙의 승부를 펼치지만
결국엔 내가 이기는 게임, 그런 삶을 살아가고 싶다.
적당히 이겨 낼 수 있는 시련과
노력 대비 쪼끔 더 큰 보상을 얻는 삶 말이다.

하지만 현실에서는
'날로 먹기는 싫고, 적당히 미디엄으로 맛보고 싶다'는
나의 바람과 달리, 마음대로 불 조절을 할 수 없다.

누가 내 삶을 요리하고 있는지는 몰라도
불 조절에 매우 실패해서,
내 삶은 점점 억척스럽게 질겨지고만 있다.

가끔은 너무 질겨서, 그냥 뱉어 버리고 싶기도 하지만
가진 건 이와 잇몸뿐이라 포기할 수도 없겠더라.

그래서 지금은 질긴 내 인생,
천천히 꼭꼭 씹어 먹어 보려고 노력하는 중이다.

언젠가 "Well done!"이라며,
스스로 갈채를 보내 줄 날이 올지도 모르니까.

혹시 지금의 나처럼
당신도 질긴 인생을 맛보고 있는 중이라면
힘들더라도 이와 잇몸으로 끝까지 버텼으면 좋겠다.

그렇게 하면 서로 좀 덜 외로울 것 같다.

언젠가 외칠 우리의 'Well done'을 고대하며
이 책을 마친다.

Well done

이 책에 나는 모든 것을 쏟아부었다.
지금의 내 한계는 딱 여기까지다.
같은 주제로 더 좋은 글을 써낼 자신이 없다.
그래서 누군가에게 평점 1점짜리 책이 되더라도
아쉬움을 느끼지 않을 것 같다.

겨우 두 번째 책인데,
건방진 소리 하지 말라고 쓴소리하는 분들도 있겠지만

645일간 523개의 글을 썼다.
그중 절반을 덜어 내고 가장 좋은 것들만
정성스럽게 고르고 골라 지금의 당신에게 드렸다.

책을 완성하는 동안 퇴고는 100번을 넘게 했으며,
모 출판사와 계약 후 1년의 기다림 끝에 출간 취소를 겪고
너무 힘들어서 엄마가 끓여 준 부대찌개에
눈물을 떨구기도 했다.

그 사이 스트레스 때문에 갑상선 항진증에 걸려
1년째 항갑상선제를 먹고 있고,
살은 80kg에서 64kg까지 빠졌다.
(모발 이식도 해서 살면서 가장 안 못생긴 시간을 보내고 있다.)

이런 이유로 이 책에는 '조금 더 열심히 할걸'과 같은 아쉬움은
단 한 방울도 남아 있지 않다.
한계를 들킨다는 것은 참으로 부끄러운 일이지만
이게 내 한계라고 당당하게 말할 수 있어서 행복하다.
늦었지만 32년 만에 처음으로 이게 내 최선이라고
말할 수 있는 결과물을 얻었기 때문이다.
따라서 이 에필로그에 건방지다는 말보다
신났다는 표현이 더 적합할지도 모르겠다.

신난 김에 다소 선을 넘는 건방진 소리를 하고 싶다.

서점에 가면 적지 않은 에세이들이 당신을 향해
위로라는 말을 핑계 삼아
아름답다, 예쁘다, 빛난다며 추파를 던진다.

난 그런 입에 발린 말들이 싫었고, 앞으로도 미워할 예정이다.
내가 쓴 글이나, 그들이 쓴 글이나 대단하지 않은 건
매한가지지만 적어도 나는 독자를 바보 취급하면서
대충 지어낸 인스턴트 위로를 건네고 싶지 않았다.

자기 계발서도 아니면서 모두가 아는 이야기를
혼자만 깨우친 것처럼 위에서 아래로 가르치려 들거나,

예쁜 단어를 쓰기 위해 억지로 쥐어짜 낸 문장과
난해한 문장들을 나열한 일기를 쓰거나,
나다움과 신선함을 담아내기 위한 노력 없이
공장에서 찍어 낸 것처럼 남들과 똑같은 글로
대충 페이지를 채우며 우리들의 삶의 무게와 상처를
가볍게 여기는 것이 너무나 싫었다.

때론 이 책에서 진심을 가벼운 농담처럼 건네곤 했지만
단 한 줄도 당신을 업신여기며 쓴 글이 없다.

지금의 에필로그는 좀 건방져 보여도,
글을 쓸 때면 누구보다 겸손했다.
그래서 자신 있게 말할 수 있다.
내 글은 쎄다. 당신을 통해서.

이 책에 미련이 없는 나의 마음처럼
내 글을 읽어 주는 감사한 당신에게도
차마 뱉지 못한 말대꾸에 대한 미련이 사라졌으면 좋겠다.

마음속으로 나와 함께 뱉었던 말대꾸를 통해
가슴속에 품고 살던 응어리가 긍정의 에너지로 완전히 연소된
아주 뜨거운 만남이었기를 바란다.

같은 마음가짐과 다른 이야기로 또 찾아뵙겠다.

글쎄
STRONG WORDS

초판 1 쇄 발행 2020년 7월 20일
초판 2 쇄 발행 2020년 9월 18일

글	딥박
그림	25일
펴낸이	이욱상
개발총괄	김영지
기획·책임편집	전제경, 박미선
디자인	오.브
마케팅	김채현
제작	박홍진, 이철종
펴낸곳	동아출판(주) 구층책방
신고번호	제 300-1951-4호

주소	서울특별시 영등포구 은행로 30(우-07242)
전화	1644-0600
ISBN	978-89-00-45940-1(03810)